新世纪设计艺术系列丛书

GuangGao ChuangYi SheJi ShiZhan

广告创意设计实战

李伟 著

中国电力出版社
www.cepp.com.cn

本书从实用角度出发，以理论为基础，侧重对广告创意思路的开拓和对优秀广告案例成功点的分析，指导学生掌握广告的核心目的和设计切入点，帮助广告设计人员启发灵感。本书适合高等院校新闻、广告、美术、设计专业师生及广告、设计行业从业人员参考使用。

图书在版编目（CIP）数据

广告创意设计实战／李伟著．—北京：中国电力出版社，2008
（新世纪设计艺术系列丛书）
ISBN 978-7-5083-7598-4

Ⅰ.广…　Ⅱ.李…　Ⅲ.广告－设计　Ⅳ.J524.3

中国版本图书馆CIP数据核字（2008）第126184号

中国电力出版社出版发行
北京三里河路6号　100044　http://www.cepp.com.cn
责任编辑：刘　嵩　　责任印制：陈焊彬　　责任校对：罗凤贤
北京盛通印刷股份有限公司印刷·各地新华书店经售
2008年9月第1版·第1次印刷
787mm×1092mm　1/16·6印张·147千字
定价：48.00元

丛书编委会成员

丛书顾问：朱训德

丛书策划：陈敬良 赵溅球

丛书主编：陈敬良 李 伟 戴建华

丛书评审委员会：朱训德 陈敬良 李 伟 莫高翔 刘 丹 孙舜尧

丛书评审委员会办公室主任：戴建华

封面与装帧设计：孙舜尧

前 言 PREFACE

近年来，随着国内广告行业的迅猛发展，针对广告设计的学术著作与教材也越来越多。纵观国内对广告设计研究的历史与现状，尽管不少专家学者从各自不同的角度，对广告设计的原理、操作实务（技巧）等方面进行了研究并推出了相应的成果，但我们仍然可以看到，目前国内绝大多数的有关广告设计的专著、教材中，不是大篇幅的理论阐述就是单纯的技法介绍，总体上感觉到理论与实际脱节，导致莘莘学子和从业人员在拜读专家学者的著作时颇感迷茫，往往读过之后，面对具体的广告设计课题却无从下手。

面对这样的窘境，作者在充分吸收国内外行业最新资讯的基础上，从广大从业人员和有关专业学生的实际需求出发，结合十余年广告设计教学的经验，精心撰写了本书。

本书的特色及卖点有以下几点。

一是将理论知识的阐述与实际案例充分结合，既克服了以往相关书籍中空洞的理论说教，又避免了有些书籍中单纯的技法介绍而无理论指导的情况。

二是本书中大量采用了作者近年来指导学生参加国内外各类广告大赛中所收集的第一手的广告设计实战资料，通过对这些实战资料的分步骤介绍，可使读者产生强烈的"实战感"，最大程度地激发读者的学习兴趣，启发其创意设计思维。

归纳起来，本书具有以下特点。

（1）视野开阔，注重对国内外相关行业最新研究成果的吸收借鉴。

（2）注重不同学科之间知识的相互渗透、相互融合。

（3）以案例研究与分析体系构建书的主体，力求通过与实战相吻合的案例研究，给读者以启发。

（4）力争做到既符合行业及教学实际，又适度超前，有所创新。

（5）层次清晰，语言流畅，文字精炼，图文并茂。

（6）编写体例独特、规范。

本书得以顺利出版，首先要感想中国电力出版社领导的关注与支持，特别要感谢中国电力出版社编辑刘䶮女士为本书的出版所付出的辛劳。此外，本书所举案例中引用作品，均源自近年来作者在国内外相关学科专业竞赛中指导学生的获奖作品及其他优秀作品，在此，作者谨向以下学生表示衷心感谢：陈波、刘晓淑、彭长河、卜小飞、胡人方、何玄静、唐八国、刘媚、陈伟、付超、周超、龙子豪。

由于学识水平所限，书中所涉及的内容及观点难免存在偏颇与不足，还恳请专家学者予以指正。

作 者

目 录 CONTENTS

第一部分 综述

第一章 广告设计概述

一、广告设计的观念及原则

1. 广告设计的观念

现代广告是由传统广告发展过来的，随着商品经济的发展及市场竞争的日益加剧，广告的功能再不是单纯地传播商品和服务信息，而是成为现代企业经营的战略手段和竞争策略。这种观念上的根本变化，是传统广告发展到现代广告的重要标志。

（1）现代广告设计要以消费者和用户为中心

今天，以消费者和用户为中心的市场观念，强调广告设计必须建立在市场调查、产品调查、消费者调查、竞争对手调查和综合分析的基础上，确定广告目标、诉求对象和广告主题，研究消费者的观念、心理、爱好、习惯等因素，从目标消费者的需求出发，既要讲究严密的科学性和计划性，又要注意理论与实践经验的结合，使广告真正成为开拓潜在市场、树立产品与企业形象、培养新的生活方式、满足消费者的需要、具有促销力的现代广告。

（2）现代广告设计是企业整体营销活动的有机组成部分

现代广告设计是为实现企业战略目标服务的，它受企业的市场目标限定。作为市场营销的促销组合手段之一，现代广告设计有很强的目的性和约束性，是一种目的性很强的信息物质化、艺术化的表现，能较好地克服设计的盲目性。

广告的整体策划原则，使现代广告设计必须服从于广告的整体策划，如果脱离了整体的策划方案和目标，那广告设计注定是要失败的。较之于传统广告的简单发布和主观指导，现代广告设计已具有较强的客观性和科学性，从过去的被动设计转化成为主动设计。

（3）现代广告设计是一门综合性很强的学科

现代广告设计有严密的科学性与程序性，它要求从市场调查入手，确定目标市场及目标消费者，根据产品定位和消费者的心理，拟定广告策略和诉求主题，然后将创意作视觉化表现，进行设计制作，最后选择媒体和测定发布的效果。每一个阶段都需要科学地运用不同领域和门类的知识，才能从整体上实现广告的预期目标。

现代广告设计需要掌握的专业知识范围很广泛，涉及多种其他学科，如传播学、市场学、心理学、设计学、文学、美学等，从事广告设计除了要有较为系统的专业理论和相当的设计基础外，还必须具备广泛的知识及专业经验。

（4）现代广告设计强调发挥集体的智慧和整体的协调配合

现代广告从广告策划、主题确定、创意表现、设计制作、广告发布到效果测定，均是集中市场、文案、设计、摄影等多种专业人才的智慧与力量，在总体策划下按照广告主题和创意表现的要求，以集体创作的方式协调配合来完成的。因此可以说，一则优秀的广告，一定是集体智慧的结晶。

而传统广告是一种小生产式的个体设计，把广告设计视为一种美术创作，一个广告往往靠一个人去完成，因而产生纯美术、纯装饰的脱离广告功能的主观主义的倾向。

2. 广告设计的原则

现代广告设计的原则是根据广告的性质和目的，针对广告设计所提出的根本性、指导性的准则和观点。这些重要的原则是：真实性原则、关联性原则、创新性原则、形象性原则、情感性原则。

（1）真实性原则

真实性是广告的生命和本质，是广告的灵魂。作为一种负责任的信息传达，真实性原则始终是广告设计首要的和最基本的原则。广告的真实性主要体现在以下几方面：首先，广告宣传的内容要真实。广告内容应该与推销的产品或提供的服务相一致，不能弄虚作假，也不能蓄意夸大，必须以客观事实为依据。其次，广告的感性形象必须是真实的。无论在广告中如何艺术处理，广告所宣传的产品或服务形象应该是真实的，与商品的自身特性相一致，不能夸大与歪曲。最后，广告的感情必须是真实的。广告表现的是真情实感而不是矫揉造作。广告应以真善美的审美情趣去感染受众，唤起美好的感情，最终实现预期目的。

（2）关联性原则

关联性原则是指广告设计必须与产品关联，与目标关联，与广告想引起的特别行为关联。广告如果没有关联性，就失去了目的。关联性的原则在于要解决以下几个基本问题：广告欲达到什么样的目的？广告的目标受众是谁？有什么样的竞争利益点可以做广告承诺？广告的品牌有什么特别的个性？什么样的媒体适合传播广告信息？取悦受众的突破口在哪里？

广告设计还必须了解产品、消费者、竞争对手的优缺点等基本事实，因为这些是"关联"的根据。广告如果不知道要说什么，对什么人说，为什么说，就势必浪费时间与金钱。

另外，广告设计必须针对消费者的需要，有的放矢，才能引发消费者的注意与兴趣，才有可能具有引诱脱服的感召力，从而将消费者的需要转化为消费行为的动机。

（3）创新性原则

广告设计的创新性原则实质上就是个性化原则，是差别化设计策略的体现。个性化内容和独创表现形式的和谐统一，能显示出广告作品的个性与设计的独创性（图1-1）。

现代广告在创造及维护品牌个性上扮演着重要的角色。广告设计的创新性有助于塑造鲜明的品牌个性，能让品牌从众多的竞争者中脱颖而出；能强化其知名度，鼓励消费者选择此品牌。当品牌有鲜明、动人的个性时，消费者便会期望使用此品牌，会有良好的体验。当期望实现后，良好的体验便会受到重视，并留下美好的记忆。

（4）形象性原则

现代广告设计要重视品牌和企业形象的塑造。消费者在购买商品时，对该品牌商品和企业的印象会产生主观心理评价，并最终形成商品的心理价值，它往往成为消费者是否最终选择该商品的重要因素。因此，塑造品牌和企业的良好形象，是现代广告设计的重要课题（图1-2）。

每一项广告活动和每一件广告作品，都是对商品形象和企业形象的长期投资。因此在广告设计中，应该很好地遵循形象性原则，注重品

图1-1　北京青年报形象广告

图1-2　麦当劳形象广告

图1-3　奔驰汽车广告

图1-4　CONTREX矿泉水广告

牌和企业形象的创造，充分发挥形象的感染力与冲击力，把经过创造的独特的形象植于消费者心中并产生良好的印象，从而使商品销售立于不败之地。

（5）情感性原则

通常，人们购买行动中的心理活动可概括为引起注意、产生兴趣、激发欲望、促成行动四个过程，其过程自始至终充满着情感的因素。

正因如此，在现代广告设计中，我们要充分注意情感性原则的运用。要在广告中极力渲染感情色彩，烘托商品给人们带来的精神上的美的享受，动之以情，使消费者沉醉于商品形象所给予的欢快愉悦之中，诱发其产生冲动直至购买（图1-3）。

二、广告设计的构成要素

现代广告从设计的角度来讲通常是由文案（文字）、图形、色彩几个方面的要素所构成的。

1. 文案（文字）

在现代广告创作的流程当中，文案部分通常是先行的。这是因为在整个广告策划过程中，所有的诉求、表达的重点以及广告的目的等表现策略，首先是以文字形态来设定的。

在广告作品中，文案部分一般包括广告标题、宣传口号、广告正文以及商品和企业的相关信息。在具体的广告创作中，根据策划创意的风格及媒体的不同特性，广告文案的信息量可多可

图1-5　SMIRNOFF酒广告　　　　　　　　图1-6　波导手机广告

少。但是，一则优秀的广告作品，文案表达的原则通常是要求以最简洁、生动和准确的语言来传达信息，以吸引特定消费者并引发其购买欲望。

2．图形

图形是广告的重要组成部分。广告创意的表现成败，很大程度上取决于广告作品中图形的表现是否能抓住消费者并引起消费者的共鸣（图1-4）。

作为广告视觉传达表现的最主要部分，图形可以直观的诠释文案创意，以视觉表现力来吸引消费者并激发消费者的情绪。在广告的创作过程中，图形部分往往也是设计精力和费用投入最多的部分，是广告设计人员费尽心机苦心经营的重点所在。在所有的广告形式中，图形都会成为最具视觉表现力和视觉冲击力的部分。

3．色彩

看似缤纷的广告色彩，其实是受具体商品的个性左右的。许多广告的色彩使用是无法随心所欲的。在广告表现中，色彩运用由于受到了商品属性、设计定位等方面的制约，因此不可能像绘画创作中那样随心所欲。经验表明，视觉冲击力强、感染力充分的广告往往不是那些五彩缤纷的作品，相反，广告往往因为其单纯的色彩和鲜明的对比而具有了独特的个性（图1-5）。

在广告设计中，表达的情绪是否准确，色彩可以起到关键作用（图1-6）。色彩带给受众的情绪感染是文字无法替代的，而如何运用广告的色彩，涉及到的因素又非常复杂。广告的色彩基调和倾向并不单纯受创作者主观审美所左右，其面貌还取决于品牌个性、企业形象风格以及对广告受众生活、文化价值观的分析与判断。因此，设计者应充分利用色彩的视觉心理效应，结合商品或企业的形象特点来体现广告的性格和广告受众的审美趋向，以使消费者产生认知、理解和心理共鸣。

另外，色彩的格调可使相同文案和图形的广

告有大俗大雅之分，甚至从根本上决定广告能否引人动情。与广告其他方面创作不同的是，这部分创作所依赖的是创作者长期的美学素养和敏锐的色彩感悟。

三、广告设计的程序

一般而言，现代广告设计的任务是通过市场调查与分析，在准确把握市场策略、广告策略及媒介策略的基础上，充分理解广告创意的概念，将创意概念转化为创意点子，并将创意点子用视觉形象表达出来，完成广告的表现，最后对广告进行效果评估。其中，将创意概念转化为创意点子，并用视觉形象予以表达是最主要的任务。

因此，现代广告设计的程序就包括市场调查与分析、研究市场策略、制定广告策略、确定媒体策略、发展广告创意概念、酝酿广告创意点子、完成广告表现、进行广告效果评估等。

1. 市场调查与分析

对于广告而言，要想获得市场上的胜利，一定要尽全力去获得详细准确的市场资讯以及第一手的行业信息。

缺乏市场资讯及数据资料，是无法准确进行后期的广告运作的。市场调查是制定市场策略的前提基础，没有调查就不会有发言权。创意点子是由创意概念引发出来的，创意概念是广告策略推导出来的，广告策略又是由市场策略转换过来的，市场策略是市场调查分析后的产物，所以要想制定明智的市场策略，一定不能忽视市场调查。

简单地讲，市场调查就是要通过对市场营销

环境的分析、消费者的分析、产品的分析以及竞争对手的分析，做到把握特定市场的发展脉络，客观分析特定市场的现状和预测特定市场未来发展趋势，最终为市场策略及广告策略的制定提供依据。其主要包括以下内容。

（1）市场环境分析

目的在于找出企业或产品在市场上面临的主要的机会点和问题点，从而为下一步市场策略的拟订提供依据。

（2）产品分析

目的在于明确产品的特性、产品与竞争品牌相比的优势与劣势，找到产品的主要机会点和问题点。

（3）消费者分析

目的在于确定是谁在用我们的商品，面对竞争市场他们会如何做出选择，为什么他们会购买竞争对手的产品，为什么消费者会流失，能否争取竞争对手的消费者，从而对企业或产品在消费者方面面临的机会点和问题点进行总结。

（4）竞争状况分析

目的是为了了解市场上同类产品有哪些，市场份额占多少，自己和竞争对手的优势、劣势是什么，能否用自己的优势打击竞争对手的劣势，对企业在竞争中面临的机会和威胁进行总结。

（5）竞争对手的广告的分析

目的是为了了解竞争对手的广告投放策略是什么，有什么优势和劣势，对手与企业自身在广告方面各自的优势与不足，从而判断企业在广告中应保持的内容以及应修正的弱点。

通过对以上五部分的调查与分析，我们可找出企业或产品在市场上面临的机会和威胁，以及与竞争产品相比的优势与劣势，从而把握市场策略所要决策的主要问题，为以后的广告策略决策提供可靠依据。

2. 市场策略

从产品进入市场到占领市场，没有对"路况"的分析和对众多"路线"的比较，就很难选择出最佳的路线。市场策略就是寻找并确定这两点间最优化路线的决策环节。

从内容上看，市场策略可以大体分为三个组成部分：产品定位策略、传播策略（指导广告策略、公关策略、CIS策略的制定）、促销策略。

产品定位就是根据顾客对某种产品属性的重视程度，为本企业的产品确定一个市场位置，让它在特定的时间、地点，对某一阶层的消费者出售，以利于该企业与其他厂家的竞争。其目的在于为自己的产品创造和培养出具有一定特色、富有鲜明个性的独特的市场形象，以区别于竞争对手，从而满足消费者的某种需要和偏爱。

传播策略是根据产品定位策略所制定的方向，通过广告策略、公关策略、CIS策略的实施，针对目标消费者所进行的立体化宣传活动。

促销策略也是根据产品定位策略所制定的方向，通过不同的促销方式编配组合，来吸引消费者，并促使其产生购买的想法与行动。促销策略的实施，事实上是各种促销方式（如人员、公关、营业、广告等）的具体运作。

产品定位策略的决策是市场策略中最核心、最关键的部分，其直接影响传播策略以及促销策略的制定。

3. 广告策略

从广告策略与市场策略的关系来看，广告策略是市场策略中传播策略的重要组成部分，它与传播策略中的公关策略、CIS策略共同为产品进入市场创造最为有利的竞争软环境。

从广告策略本身的作用来看，它为下一步的创意策略与媒体策略的制定提供方向性的指引。没有广告策略指导的创意策略和媒介策略是盲目的、破碎的、割裂的，不能作为一个整体系统来运作，从而会影响到广告的整体功效。因此，广告策略具有全局性、长期性、导向性的特点。广告策略一旦确定就必须严格遵守，其对于未来制定创意策略和媒体策略具有很强的指向作用。广告策略的重点就在于抓住消费者的心，为消费者创造一个崭新的合情合理的购买借口，从而促使消费者产生倾向性的购买行为。

在工作程序上，广告策略是在市场策略制定之后所要进行的工作，但是在有些情况下，好的广告策略也会弥补市场策略的不足。

以下是一些品牌的广告策略，从中我们既可反推出其产品的市场定位，也可感受到其下一步的创意策略的风格与方向。

抵抗蛀牙最有效的牙膏：佳洁士；最关心头皮屑问题的洗发水：海飞丝；最能柔顺头发的洗发水：飘柔等（图1-7~图1-9）。

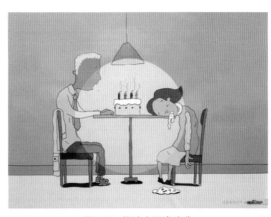

图1-7 佳洁士牙膏广告

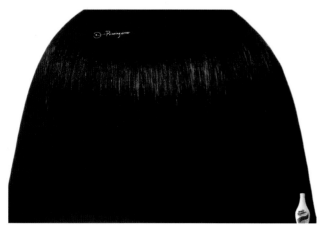

图1-8 海飞丝洗发水广告

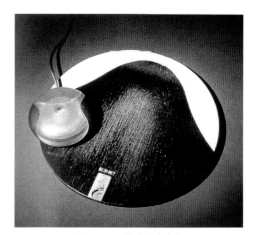

图1-9 飘柔洗发水广告

4. 媒体策略

媒体策略研究广告使用哪些媒体、不同的媒体如何配置、广告在何时发布、广告发布的频率等问题，它是广告整体运作中关于广告发布媒体、发布时机和具体时间安排的指导性方针。一般来说，广告的媒体策略主要包括广告媒体的选择、广告媒体的组合、广告发布时机与排期策略几个部分。

（1）广告媒体的选择

广告媒体的选择应遵循以下原则。

1）目标原则，即必须使选择的广告媒体与广告策略所制定的目标、战略协调一致。

2）适应性原则，即要根据情况的不断发展变化，及时调整媒体方案，使选择的广告媒体与广告整体运作的其他方面保持最佳适应状态。

3）优化原则，就是要求选择传播效果最好的广告媒体，或者作最佳的广告媒体组合。

4）效益原则，就是在适合广告主广告费用投入能力的前提下，将有限的投入安排到可以获得最好效益的广告媒体上。

（2）广告媒体的组合

不同类型的广告媒体在传播功能上各具特色，但也各有缺点。选择单一媒体进行广告传播，很难使传播效果达到最理想的状态。因此，在广告运作过程中，往往会将多种广告媒体进行组合传播，以使广告传播效果达到最大化。

广告媒体组合方式多样，既可在同类媒体中进行组合，如选用报纸作为广告媒体，则可用全国性报纸、区域性报纸、地方性报纸的平面组合，也可用不同类型媒体的组合，如用报纸、电视、广播等多种媒体的立体组合。

（3）广告发布时机与排期

广告媒体选择与组合方案完成后，便要考虑广告信息何时在这些媒体发布、发布持续时间、发布频率及采取何种排期方案（时间安排）等。这也是广告发布时机与排期策略所要解决的问题。

5. 创意概念

创意概念是指以广告策略为前提，通过挖掘、提炼而形成的对某一产品或服务所具特性的概念性表述，它是整个广告运作的核心诉求点。创意概念是某一产品或服务的特性与消费者所需利益高度一致的融合点，是广告活动能否与消费者做到有效沟通的关键所在。它将商品主张转换成一种最合适的沟通信息，促使消费者对商品产生认知、兴趣及共鸣，从而采取购买行动。

（1）创意概念来自市场分析

创意概念的产生必须在明确广告目标、品牌形象、产品或服务定位、目标消费者、竞争者等的基础上，对其进行深入的了解，广泛地收集信息，深思熟虑，进行反复的酝酿，初步确立基本的核心诉求点。

（2）创意概念挖掘方式

创意概念一般从产品、市场、消费者、品牌这四个方面进行挖掘。创意概念可以是这四者的提炼，也可以是其中的某一点或某两点，但不管怎样，它一定是核心竞争力的浓缩。

1）产品或者服务定位的关键词。如美国七喜汽水面对可口可乐与百事可乐的霸主地位，将自己的产品定位为非可乐，其创意概念自然就是："no-cola"。

2）对消费者利益承诺的关键词。如20世纪60年代德国大众的"甲壳虫"轿车在美国市场的广告创意就是一个字："小"（图1-10）。

3）针对市场特征提炼出的关键词，特别是针对新企业诞生、新产品上市，市场竞争中出现的新特征等。

4）品牌形象个性的关键词。如万宝路的广告创意概念就是其品牌形象个性的关键词："男人"。

每一个广告都基于一个特定的创意（也被称为概念），它是独特广告设计的基础。

6. 创意点子

创意点子（Idea）是一定要能吸引消费者的注意力以及引发他们主动探索兴趣的好想法，

Think small.

图1-10　大众汽车广告

它是广告创作人员的生活经历与创意概念撞击后迸发出来的灵感，也是问题或困难的最终解决方法。

好的广告创意一般都是"情理之中，意料之外"的奇思妙想。如果说"情理之中"是广告策略的作用，那么"意料之外"则是创意点子的功劳。"情理之中"是衡量广告策略纵向思维的深度，"意料之外"则是评价创意点子横向思维的广度。

如11News电视频道的平面广告创意，为传达出该电视频道新闻报道的真实性与快捷性，广告突出奇想，画面中原本被电视频道记者扛在肩上的摄像机却换成了真实的观众人物，喻指观看该电视频道的新闻报道仿佛有身临其境的感觉（图1-11）。

图1-11　11NEWS电视频道广告

图1-12　NATAN戒指广告

7. 创意表现

创意表现是现代广告设计中十分重要的环节，此环节工作的好坏关系到前期一切工作的价值实现。有一个好的创意点子，如果表现不够充分或形式不够新颖，同样难以引起观众的注意。

如幽默的表现就可以让消费者在会心一笑的气氛中自然而然地接受广告信息，从而消解商业的功利主义色彩，减少消费者的抵触心理，增强广告的效果。此种表现形式通常使用移植、夸张、颠倒和寓意的手法来达到幽默的效果。

在Natan戒指的广告中，当你打开戒指盒看到Natan戒指的那一刻，对面的丑男也立马变成了帅哥。此广告正是利用幽默的手法，使受众在轻松一笑中感受到获得Natan戒指所带来的愉悦（图1-12）。

8. 广告效果评估

广告效果评估是现代广告设计中的最后环节，此环节工作是对前期所有工作的总体检验。

通过广告效果评估，可以检验广告目标是否正确，广告发布传播的媒体运用、组合配置是否恰当，广告发布的时间、时机与频率周期是否适宜，广告费用的投入是否合理等。

另外，通过广告效果评估，还可以了解消费者对广告的接受程度，检验广告主题是否突出；广告诉求是否符合消费者的心理需求；广告创意是否震撼人心；广告设计表现形式是否引人入胜等。

广告效果评估不仅可以在广告发布后进行，也可以在广告发布前进行，即通过征求意见进行预测；或在广告发布中进行，即通过及时反馈各方面的信息，改进广告创意与设计，修正广告计划，制作出更好的广告作品，从而使广告达到最佳的效果。

综上所述，现代广告设计包括市场调查与分析、市场策略、广告策略、媒体策略、创意概念、创意点子、创意表现、广告效果评估等程序，在所有这些程序中不存在孰重孰轻的区别。因为上述程序构成了现代广告设计活动的整体，它们之间是环环紧扣、相互影响、层层推进的关系。

第二章　广告创意

一、广告创意思维

1. 关于创意思维

（1）关于创意

创意的内涵就是创造。所谓创造，就是对过去的经验和知识的创新。创造是创意的精髓和灵魂，离开了创造就无所谓创意，而创造性则集中体现在一个"新"字上。在这里，"新"并不意味着全新，它也许是针对原有事物的新发现和新改变。法国雕塑家罗丹曾说过："所谓大师就是这样的人，他们用自己的眼睛去看别人见过的东西，在别人司空见惯的东西上能发现出美来"。可见，创造就是和别人看同样的东西却能想出不同的事情。

（2）创意思维的基本方式

1）软性思考。软性思考的方式就是试图找出不同事物之间的相似性与关联性。从表2-1中，我们可以比较清晰地了解软性思考与硬性思考的区别。

表2-1　软性思考与硬性思考的区别

软　性	硬　性
寻求事物之间的相似、关联性	注重事物之间的差异性
隐喻、梦想、幽默、含糊、游玩	逻辑、理性、精确、一致
想象、矛盾、分散、预感、小孩	正确、真实、直接、集中、成人
一只猫与电冰箱具有共性特性	猫与电冰箱截然不同

2）向规则挑战。创造之前必先破坏规则，打破常规不是孕育新创意的必要条件，但却是一条途径。对规则质疑，提出"假如"的思考，能找到更多的创意点。而提出"假如"问题的关键是让自己深入探索各种可行的、不可行的，甚至不合实际的观念，并以此来刺激创意的思考。

如图2-1所示，原本平面的投影却在不经意中变得立体起来。这在现实生活中是不可能存在的，但这却是宝贵的创意思维闪现。

3）模棱两可的思考。试着用模棱两可的态度来看待事物，对于思考多元化具有重要的意义。借着模棱两可的态度，可以产生许多想法，得出许多结论。

在图2-2中，你看到了什么？或者你想到了什么？其实，答案是不确定的。但正是这种不确定性，可以使我们产生许多想法和结论。

Michel Polnareff

图2-1　打破规则的图形

图2-2 模棱两可的图形

2. 广告创意思维方法

（1）创意构思的切入点

1）从突破习惯观念入手。即突破习惯观念、习惯印象、习惯传统等，以反恒常的创意来传达广告信息。

2）从受众的心理因素入手。如唯美的、奇异的、恐惧的创意能引发受众的心理共鸣，有利于广告信息的传达。

3）从增强感受入手。如幽默、悬念的创意能迅速引发受众的心理感受，引起其对广告的强烈关注。

（2）创意构思的基本方法

1）联想。联想是指回忆时由一事物想起另一事物的心理过程，是现实事物之间的某种联系在人脑中的反映。联想的具体方法有很多，主要有接近联想、类似联想、对比联想、因果联想等。

① 接近联想，也称相关联想，是指由一个事物与另一个事物有密切的邻近关系和必然的组合关系而引发的想象延伸和连接，如闪电—雷鸣—大雨。

② 类似联想，又称相似联想，是指由一个事物的外部构造、形状或某种状态与另一事物的类同、近似而引发的想象延伸和连接，如月亮——钩。

③ 对比联想，亦称相反联想，是对与事物有必然联系的相反事物、对应面、对立面的想象延伸和连接，如黑——白。

④ 因果联想，是指对事物发展变化结果的经验性判断和想象，如森林破坏——土地沙漠化——环境恶劣。

2）想象。想象是人们在头脑中将原有表象加工改造成为新的表象的思维方法。在广告创意中，主要有发散想象、逆反想象、换位想象、组合想象等方法。

① 发散想象，是指以所思考问题的需要作为辐射的基点，让思维活动像花园里的旋转喷头那样，朝多个方向作立体式的发散思考，以产生大量新颖独特、富有价值的设想。

以"吸烟有害健康"为主题的广告创意为例。首先，我们针对主题进行分析：在"吸烟有害健康"这一主题概念中，核心概念（种概念）是什么？很显然，答案是"害"。接下来，我们尝试以"害"这一核心概念为中心，围绕它从多个不同的方向寻找与之密切相关的子概念，结果有"谋害、杀害、损害"等。再作进一步的分析，在"谋害、杀害、损害"等子概念的基础上，我们再去寻找与之密切相关的属概念，结果又有了"谋杀、杀死、破损"等，如图2-3所示。

图2-3 吸烟有害健康的发散想象

通过上述分析，我们找到了与"害"这一核心概念密切相关的属概念，甚至下属概念。在此基础上，再将这些下属概念转化为具体生动的视觉形象，于是，最终获得了多个关于"吸烟有害健康"主题的广告创意（图2-4～图2-6）。而在这一创意过程中，发散想象起到了关键作用。

② 逆反想象，是指将顺着想的思路加以颠倒，从而产生新的看法和新的设想。逆反想象能使我们去注意和思考顺着想或者想不到，或者容易忽略的问题的另一端、另一点、另一面，能使我们茅塞顿开、豁然开朗，最终取得某种意想不到的收获。

如节水主题公益广告，在创意设计中充分利用逆反想象的思路，将原本喝水的杯子倒置过来，杯子底部的凹槽处存有一点浑浊污水，以此警示人们要珍惜水资源，否则，不久以后，我们就只能用杯子底部的凹槽来分配为数不多的浑浊污水了（图2-7）。

图2-4　禁烟广告——破损篇

图2-6　禁烟广告——死亡篇

图2-5　禁烟广告——自杀篇

图2-7　节水公益广告

图2-8　Saumur Brut酒广告

图2-9　绝对伏特加酒广告

③ 换位想象，与视点想象相似，是指对一事物或问题从众多新的角度去观察和思考，以获得更多的对事物的新认识，以想出更多的解决问题的新办法。

在现代广告创意中，我们可采取换位想象来开发思路。其中，改变物体的逻辑比例以及跨时空的形象表达或通过一些辅助工具（如哈哈镜、显微镜、放大镜、纱窗、花玻璃等）来改变物体的固有形态和色彩，都是一些非常奏效的方式。

如Saumur Brut酒的平面广告，就是采取换位想象的创意思维方式，放大酒杯形象，将粘在酒杯上的点滴酒水汇集成朵朵礼花，很好地表达了消费者喝过该酒后的愉快心境（图2-8）。

④ 组合想象，是指在头脑中对某些事物形象，或者将其整个地，或者只抽取出它们的一些部分，根据某种需要将其组成为另一种有自身结构、性质、功能与特征的新的事物形象。将组合想象付诸实现，那就可能或者使一些事物组合成新的事物，或者在一些事物之间建立起新的联系。因此，爱因斯坦说："找出已知装备新的组合的人，就是发明家。"

在现代广告创意设计中，通过对形象元素的综合也可以获得一种全新而独特的形象（图2-9）。正如超现实主义绘画大师马克思·恩斯特所说："把毫不相关的客体相互联结起来，即会产生诗意的燃烧。"

二、广告创意法则

一般而言，将广告创意和法则联系在一起，

图2-10 Absolute纯净水广告

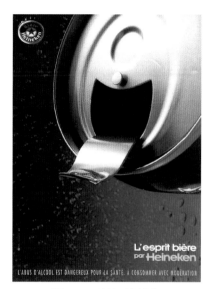

图2-11 喜力啤酒广告

总是感觉不太协调，因为广告创意需要标新立异，应排斥陈规俗套、法规法则。但是，是否存在着能够激发卓越广告创意灵感的可循之道呢？下面所介绍的创意法则也许能给我们一些启发。值得注意的是，这些所谓的法则既非是扼杀创意思维、控制一切的指挥棒，也不是解决所有问题的万能钥匙。

1. 简单法则

"简单"是广告创意中最明确，但又常被人们忽略的一个特征。"简单"就是运用尽可能少的元素传递新思想，那些不够简洁准确的部分必须全部舍弃，简单才会打动人。我们应力求在简单中创造强有力的、可能对交流对象产生惊人影响力的作品。当然，只做到单纯的简单还远远不够，广告必须同时做到内容简单，创意独特。

如Absolute纯净水广告，画面中只剩下了瓶盖和瓶贴，瓶身已完全与白色背景融为一体，整个广告简洁而单纯，巧妙地传达出Absolute纯净

水"纯、净"的概念（图2-10）。

2. 定位法则

广告并非是单纯的交流沟通，而是一种定位。最出色的广告创意往往很少着力宣传产品或服务本身，而是着力使某一品牌、公司或产品在消费者的心目中显得与众不同，并占有一席之地。

（1）市场空隙

价格区段的空白是消费者心中最明显的空隙位置，也是最易填补的空隙之一。

如荷兰喜力啤酒（Heineken）就采取了这样的策略，从而使自己成为啤酒制造业中率先占据消费者心中最高价位的空隙位置的品牌（图2-11）。

（2）开拓新型产品

有时，如果潜在消费者的心目中没有任何空隙位置，商家就得创造出一个空隙，我们称这种策略为"开创新型产品"。如1987年奥地利的红牛（Red Bull）就将自己定位为第一个活力饮料。

图2-12 麦当劳食品广告

图2-13 Pleasures香水广告

目前，红牛饮料的全球销售额已超过10亿美元。

（3）专营

品牌专营的成功例子举不胜举——星巴克成为首家专营咖啡饮料的咖啡馆，成功地打造了咖啡饮品专营的品牌；而麦当劳则专营起了汉堡包（图2-12）。

一些发展成熟的行业大多都已确立了该行业的知名品牌，那么在这种行业中，产品定位的最佳途径就是突出宣传自己产品的与众不同之处。如沃尔沃汽车着重强调该汽车的安全性能，而宝马汽车则大力打造其"驾驭性强"的品牌特征。

（4）目标客户

某些情况下，商家可以将目标客户锁定男性或女性消费者。如万宝路香烟的目标客户为男性，它是男性香烟系列中的一大品牌。

3. 情感法则

情感一般包括爱情、亲情、友情、乡情、人情等类形。

如果产品的生产技术趋于同类化，又缺乏独一无二的切实卖点，那就必须用"情感"作为广告的切入点。从感情、感性的角度，动之以情、诉诸感性，可以渲染情绪、强化气氛，从而引起消费者的共鸣。

如Pleasures男用香水的平面广告，画面中小男孩舒适地躺在父亲的怀抱中安睡，一切只源于Pleasures男用香水的迷人芬芳。广告中所蕴含的浓浓父子亲情被尽情展现出来，Pleasures男用香水也由此被众多男性欣然接受（图2-13）。

4. 经验法则

对广告创作来讲，经验至关重要。日常生活经验是创意的最佳源泉之一。创意可以源于最微不足道的事情，这些都有可能激发创意的灵感。如果带着敏锐的目光去观察人类的行为、动物的习性、人际的交往及其他生活的妙处，那么你必定会有相关创意灵感的闪现。当你在广告中描绘有趣、难过、苦乐掺半等日常的感受时，大家一般都会产生同感，因此我们可以通过表现人们日常生活中的场景来赢得目标客户的共鸣。

如安泰保险的平面广告，就是借用受众所熟知的城市流浪人员的生活片段，唤起了受众对流离失所般生活的高度关注，进而意识到保险对于今天的人们而言是多么重要（图2-14）。

图2-14　安泰保险广告

图2-15　壮腰健肾丸广告

5. 相关性法则

在这里，相关性体现在两个方面：一是广告创意必须与产品或服务内容相关联，只有这样消费者才可以充分领会到自己的利益所在；二是广告创意必须与目标消费者利益、兴趣相关联。如果广告创意与消费者没有关联性，就不可能引起消费者的共鸣，就失去了广告创意的意义。

如壮腰健肾丸平面广告，画面中躺在草垛上休憩的青年农民加上盖在身上的尖顶斗笠，绝妙地将壮腰健肾丸的功效形象地展现出来，成功地实现了广告创意、产品服务内容及目标消费者三者的紧密相联（图2-15）。

6. 幽默法则

幽默是使一个品牌成为受人喜爱的品牌的一条捷径，其在广告中具有巨大的影响力，它是品牌和消费者之间沟通的良好桥梁。幽默以最人性化的方式，凭借品牌个性触动每位观众的心弦，博得他们一笑。而"笑"意味着观众积极地融入了广告内容，对广告、广告人的努力作出了回应。达到这种效果的广告才是真正的观众与商家互动的广告。

图2-16　Nugget鞋油广告

如Nugget鞋油平面广告，画面中两个女孩神情紧张地捂住自己的裙子，原因也许是某个调皮的男生用Nugget鞋油将鞋子擦得很亮，随时准备窥视女孩裙底的秘密，正在一旁偷着乐呢（图2-16）。

7. 故事化法则

故事化是指广告画面给消费者提供和展示某个特定的、矛盾冲突的事件从产生、发展到结束的过程，是一种叙事性的表达方式。在广告具体表现时，可以是全景的展示，也可以是其中某一瞬间的定格，关键是要选择典型性的、有说服力的人或事来作为情节的中心视觉元素，用讲故事

图2-17 Land Rover汽车广告

图2-18 大众汽车广告

的方法表述广告中的信息与消费者之间共同的利益点，以此来取得消费者的认同，并最终转化成消费者行为的原动力。

在广告创意中具体运用故事化表现手法营造意境与氛围的时候，应该注意下面几点：第一是要让人觉得真实可信；第二是塑造的形象要具有典型性；第三是要变化巧妙、新颖别致，即使是旧的元素，在组合后也应该有一种全新的视觉心理感觉；第四是要生动活泼、趣味性强；第五是要简洁单纯，言简意赅。另外，广告的故事情节不能脱离生活。了解消费者现实的生存状态、关注消费者使用商品或服务的生活细节和细微的心理变化，是创造故事情节化意境与氛围的前提条件。

如Land-Rover汽车广告，分明是在向受众讲述这样一个故事：在远离人烟的山林深处，一名原本对此环境异常熟悉的原始部落人员正向一位驾车的人询问着什么，显然，由于身处太偏远的环境，他也迷路了；奇怪的是，驾车的人却显得胸有成竹，也许，他已驾车到此偏远的山林深处多次了，而这一切完全要归功于Land-Rover汽车卓越的越野性能（图2-17）。

三、广告创意表现方式

1. 肖形

"肖形"就是以一个物象来摹仿另外一个不同属性物象的外形特征。自然界中，我们所感知的物象是由各种各样的形态构成的，在广告创意中，我们可以根据需要和可能，将物象的外形通过变化，摹仿成特定物象的外形，从而使原本不同属性的两个物象之间产生紧密的联系。

如大众汽车的平面广告，用喷泉摹仿大众汽车的外形轮廓，以体现大众汽车广告要诉求的"大众汽车，过目不忘"的概念（图2-18）。

2. 类比

"类比"是基于相似特性而做的比较。在广告创意中运用视觉类比是为了阐述得更清楚，使人更易于理解。

如盛世长城的"纽扣"广告正是通过类比展示了索尼产品的独有特点（图2-19）。

3. 比喻

为了避免广告平直浅露的表述和说教，加强形象的寓意和丰富广告作品的意蕴，现代广告创意表现多运用"婉转曲达"的艺术手法，"比喻"就是其中常用的手法。

"比喻"即"以此物喻彼物"，可分为明喻、借喻、暗喻等类型。在广告创作中运用比喻手法，是因为人们拒绝太过直白的表达方式，喜欢看到或听到利用其他事物来说明本质上想说的事，这样，受众能发挥自身的主观能动性，带着一种强烈的参与感融入到广告当中去。与其他表现手法相比，比喻相对显得含蓄隐伏，一旦领会其意，却能让人回味无穷。

如TBWA/巴西为无线因特网接入服务制作的平面广告中，就是利用暗喻的方法，以复杂的线条勾画出一只蜗牛的形象，表示出其他品牌速度慢且结构复杂的劣势（图2-20）。

4. 比较

比较产品或服务的不同点会很有说服力，这一方法会产生奇效并使人难忘。

如丰田汽车平面广告中，近处是已累得精疲力竭的被人抬着的登山犬，而不远处就停放着一辆已爬上山坡的丰田越野汽车。通过比较，丰田汽车卓越的越野性能让人一目了然（图2-21）。

5. 夸张

"夸张"是在一般中求新奇、求变化，通过虚构把对象的特点和个性进行夸大，赋予人们一种新奇与变化的情趣。

大体上，"夸张"可以分为形态夸张和神情夸张两种类型。在广告创意中，通过夸张，能更

图2-19　Sony摄像机广告

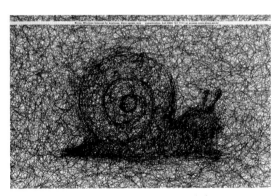

图2-20　Diveo无线因特网广告

图2-21　丰田汽车广告

图2-22　Kawasaki摩托广告

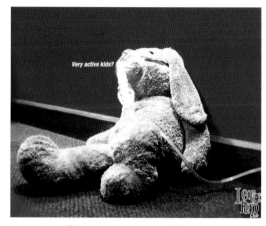

图2-23　LeroLero俱乐部广告

鲜明地强调和揭示事物的实质，使宣传对象的特征强烈而突出，从而加强作品的艺术感染力。

如Kawasaki摩托车平面广告，尽管海啸引发的滔天巨浪来袭，海边沙滩上的男士仍然悠闲自得，原因是他身边有辆Kawasaki摩托车可帮助其快速地离开（图2-22）。

6.　拟人

拟人指对世界万物进行人格化处理。在广告创意中运用拟人的手法，可以在很大程度上增强广告的好感度与亲和力，使消费者暂时忽略广告的商业功利气息，从而使广告信息被消费者真正接受的可能性大大提升。

如LeroLero俱乐部平面广告，拟人化地表现了玩具熊因玩得精疲力竭，不得不通过输液才能缓过神来的画面。LeroLero俱乐部的好玩程度由此可见一斑（图2-23）。

7.　通感

"通感"是一种将本来由某种感官感知的感觉，通过另一种感官的感觉表达出来的手法。其感知过程首先是通过视觉感知，然后经过心理活动而生成其他感官的感觉。

通感的手法在广告创意中经常被用到，而且效果显著。

如《北京青年报》的平面广告，原本是说该报的新闻报道有分量，而广告画面却表现为两位壮汉吃力地抬着一张《北京青年报》。广告通过通感的手法，将该报新闻报道有分量的概念巧妙地传达出来（图2-24）。

8.　借用

在广告创意中，"借用"是指借助于经典电影作品中的经典镜头或经典绘画作品中的经典画面，对其进行适度变化处理，巧妙的将广告诉求的概念或宣传的产品融入到镜头或画面中，从而产生令人耳目一新的效果。

如Pizza食品广告中，就巧妙地结合了美国奥斯卡经典电影——《毕业生》中的经典镜头进行创意变化，将获得Pizza食品的渴望充分表现出来（图2-25）。

9.　幽默

幽默广告的鼓动性能对目标消费者起到良好

图2 24 北京青年报广告

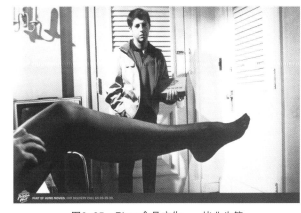

图2-25 Pizza食品广告——毕业生篇

图2-26 Chiquitin果冻广告

图2-27 Nintendo游戏机广告

的说服效果。它淡化了广告的直接功利印象，克服了消费大众对广告的怀疑与戒备心理，以一种间接的、潜移默化的方式，使消费者在轻松、愉快中不知不觉地接受广告的劝说，义无返顾地掏腰包。当然，幽默也得讲究策略，必须切题，并且要适合品牌与目标客户。

如Chiquitin果冻平面广告，通过幽默的手法，表现出儿童吃过Chiquitin果冻后变得更加聪明，尽管汽车车身后的"4×4"和其在数学中的含义并不是一回事（图2-26）。

话般的画面，在一种奇幻的场景中再现广告的商品，造成与现实生活的一定距离。这种充满浓郁浪漫主义的手法，以突然出现的神秘莫测的视觉感受和特殊的感染力，给人一种出神入化的美感，满足了人们喜好奇异多变的审美情趣的要求。

如Nintendo游戏机平面广告，画面中小男孩正全神贯注地玩着游戏，而其伸入水中的脚却变得令人恐怖，而且还有一群食人鱼将其围绕。而这些只不过是小男孩玩游戏时的幻想而已（图2-27）。

10. 幻想

"幻想"通过无限丰富的想像构织出神话与童

11. 悬念

"悬念"是利用看似与广告主题无关的画面

来勾起目标受众惦记和挂念的一种间接表现手法，其目的是为了满足目标受众求知、探奇、追求事物完整信息的心理需求。在广告创意中，悬念可以通过运用冒险、神秘与恐怖的创意表现手法来产生。

如Simrnoof酒的平面广告，透过酒瓶看羊群，却发现羊群中隐藏着一只狼，不禁令人大吃一惊（图2-28）。

12. 童真

童心未泯的心境，将为广告创作者打开一个源源不断的创意之泉。利用童真的表述，能使我们的广告在与消费者交流的过程中，为消费者带来一种此处不设防的快乐感觉。

图2-28　Simrnoof酒广告

图2-29　麦当劳食品广告

如麦当劳食品平面广告，一个手捧玩具的小男孩羡慕地看着身旁脸上露出得意笑容的另一小男孩，只缘于他手捧的是麦当劳食品（图2-29）。

13. 性感

"性"是能够引起人们注目的视觉语言，也是人类最敏感、最基本、最具诱惑力的素材（图2-30）。

恰如其分的诠释"性"的魅力，对于创造有效的广告具有不可忽视的作用。如日本的许多化妆品广告以展示不同时期不同女性极具魅力的形象的手法，得到了消费者的认可。

但在广告创意中，在以"性"为表现素材时

图2-30　BALI内衣广告

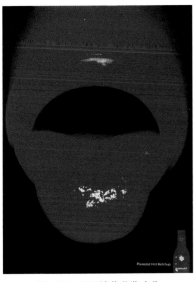

图2-31　巴西辣蕃茄酱广告

图2-32　Stolichnaya伏特加酒广告

应十分注意。因为产品内容是选择广告表现素材的关键，如果不是恰到好处的应用，不仅不能使广告增加魅力，反之，也许会产生被人误解的结果。

14. 味觉

味道需要人亲自品尝才能感知。但在广告创意中，却能通过视觉元素的创意设计，使受众从视觉感知经过心理活动而生成味觉感。

如巴西辣蕃茄酱的广告，通过蕃茄酱瓶口流出蕃茄酱这一视觉元素，加上红色的渲染，好像吃过辣酱的人辣得直吐舌头，从而将这一产品"辣"的味道表达得淋漓尽致（图2-31）。

15. 温度

在广告创意中，充分利用相关视觉元素的变化、组合，使广告画面呈现冷、热等温度感，可以有效吸引人的目光，加深观者的记忆。

如Stolichnaya伏特加酒平面广告，为体现此酒超级冰爽的感觉，画面中Stolichnaya伏特

图2-33　Hot oil头发用品广告

加酒所处的室内环境全部变成了冰天雪地（图2-32）。而Hot oil头发用品平面广告画面中人物的头发变成了熊熊燃烧的火焰，将广告所要表达的使用该头发用品后的效果生动地展现出来（图2-33）。

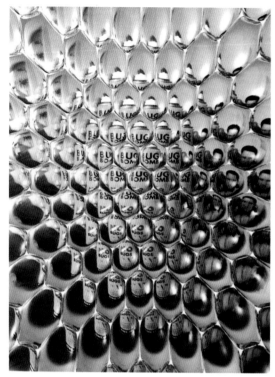

图2-34　Bug杀虫剂广告

图2-35　西门子吸尘器广告

16. 反常视角

用不寻常的角度观察事物或生活，不论是表面的还是内在的，都是绝佳的创意表现方法。

1）用不同角度观察事物。如仰视、俯视、由里向外、非正常角度、昆虫视角、长颈鹿视角等。

2）换位观察事物。如用有复眼的苍蝇的眼光、用孩子的眼光、用古代人的眼光等。

3）透过不同物体观察事物。如水、雾、结霜的或染色的玻璃、烟等。

4）观察事物时所看到的。如一个观点偏颇的看法、从高楼上往下看等。

如Bug杀虫剂的广告，就是利用有复眼的苍蝇的眼光映射出杀虫剂产品的形象，加上恰到好处的文案，将产品的功效表达得十分到位（图2-34）。

17. 避实就虚

从视觉观察的一般规律而言，人们总是先看清近处的、形态较大的物象。在广告创意中，我们可以反其道而行之，即采取避实就虚的方法，忽略近处的、形态较大的物象，而将注意力集中在远处的、形态较小的物象身上，而这一物象又恰恰是广告宣传的焦点。

如西门子吸尘器的广告，在广告画面中首先映入受众眼帘的是剧场中全神贯注观看演出的众多观众，但这并不是广告的落脚点。在广告画面的左上角，有一清洁女工正在用西门子吸尘器对剧场进行清扫，而这才是广告所要诉求的概念所在——西门子吸尘器，静音设计（图2-35）。

18. 多此一举

在广告创意中，为更好地突出广告所要表现的主题，有时需要采取"迂回"的战术，如在广告主题周围故意设计一些可有可无、无关紧要的视觉元素或看起来明显多余的举动（多此一举），以反衬的方式来强化广告主题的视觉吸引力，从而达到迅速吸引受众关注的目的。

如JOCKEY内裤广告，几位模特分明是要展示品牌内裤，原本穿上内裤亮相即可（就像大多内衣广告一样），却非要将外边穿着的长裤脱

图2-36 JOCKEY内裤广告

图2-37 Western Union银行广告

至脚部后，再来展示各自的内裤，使人在诙谐的氛围中牢牢记住了JOCKEY品牌内裤产品（图2-36）。

19. 动感

人的认知心理学证明，动感画面比静止画面更能引人注目。动感画面可以给人带来逼真的视觉感受，从而有效吸引受众的注意力。

在广告创作中，动感画面的表现方法有很多，最常用的方法是选择具有动感形象的照片，如动态人物、快速驶过的交通工具等。

如Western Union银行广告，为传达该银行汇款业务的快捷，广告画面中的钞票也变得像被一阵风吹过一般（图2-37）。

第三章　广告构成要素设计

一、广告图形设计

广告图形设计，是要利用图形在视觉传达方面的直观性、有效性、生动性和丰富的表现能力将广告的内容和信息传达给消费者，凭借图形的视觉吸引力来引起消费者的心理反应，进而产生广告效应。

1. 图形设计的创意联想思维

（1）形与形的联想

我们在进行图形创意的时候，往往根据所要表达的"意"，在似乎不大相关的形态之间寻找一种可以使它们彼此连接、嫁接的因素，即共性（相似性），然后再利用设计的特有形式把这些共性加以组合，产生新的图形，表达新的意义和功能，以此来打动观众的心。

如BurgerKing食品平面广告，画面主体图形来自该食品某一放大视角的形态，而这一形态又极象有人正伸出舌头舔吸着自己的嘴唇，从而将BurgerKing食品"吃过而令人意犹未尽"的概念生动地传达出来（图3-1）。

（2）事与事的联想

在图形创意中，我们常利用能引发一种事物感受的视觉形象去唤起观众对另一种事物感受的联想，有时也可对不同事物的形态进行嫁接，从而产生一种新的事物的形态，给观众带来新的感受，由此及彼，触景生情。

如邦迪创可贴平面广告，画面中看似深情相拥的美国前总统克林顿与夫人希拉里，其实他们的内心由于莱温斯基绯闻早已有了隔阂和创痕，而这样的创痕是很难愈合的，哪怕邦迪创可贴也无能为力（图3-2）。

（3）"意"与"意"的联想

"意"即意义、含义。在现实世界里，许多事物呈现意义的方式是相似的，而其中一部分又有着相同含义。在图形创意过程中，我们也可以运用大脑联想机制，把这些形态不同但具有相同或相似意义的经验加以连接，汇总分析后，取其共性，融入设计内容（意），使自己的构思方式既具有共性（观者熟悉的方式），又具有个性（自己独有的内容），从而得以通过一种意境去寓示另一种意境。

图3-1　BurgerKing食品广告

图3-2　邦迪创可贴广告

图3-3　Durex安全套广告

图3-4　意可贴药品广告

如Durex安全套的平面广告，将汽车方向盘安全气囊直接命名为Durex，从而折射出该安全套"安全放心"的概念（图3-3）。

（4）"意"与"形"的联想

"意"与"形"是一种同构关系。从设计的角度来说，有"形"必有"意"，反过来有"意"必有"形"。因此，在设计图形的过程中，应始终牢牢地把握"意"的内涵，以意生形，以形达意，并选择准确的、有说服力的形象和形象组织关系来成功地完成信息的传达。在进行这类图形设计构思的过程中，要善于根据所要表的"意"，充分发挥联想机制，最大范围搜索到与"意"相关的或相似的形象，在此基础上加以分析、筛选，继而设计出理想的图形。

如意可贴药品平面广告，利用反向诉求的方式展现出原本松软可口而今却浑身带刺的火腿肠形象，使受众意识到：一旦口腔溃疡需赶快使用意可贴，否则，再松软可口的食品也会难以下咽（图3-4）。

（5）有意联想与无意联想

从某种意义上来说，图形创意的联想主要靠有意联想来完成，但无意联想有时也会给我们的设计带来意想不到的效果，这就是我们常说的偶

图3-5　西麦玉米粥广告

得、顿悟。

在图形设计构思中，我们应善于进行有意联想，同时也要对无意联想加以重视，使它们都能成为推动大脑思维运动的催化剂，由此带来更多、更广泛和更科学的思考途径，以产生更多新奇合理、巧妙有趣的图形设计，并由此征服大众的心灵，完成信息的准确传达。

如西麦玉米粥平面广告，玉米棒被啃成哑铃形状，看似有意的做法，却在无意间表露出玉米食品强健体魄的功效（图3-5）。

又如Kraft蕃茄酱平面广告，无意间散落的薯条，好像爬行的小虫子，正缓缓向诱人的蕃茄酱靠近……其实这是作者有意的设计——连薯条也

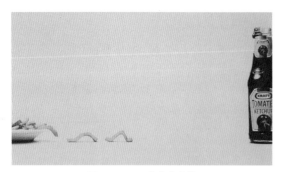

图3-6　Kraft蕃茄酱广告

图3-7　奇巧巧克力广告

图3-8　上流社会（玛格利特）

挡不住Kraft蕃茄酱的诱惑（图3-6）。

（6）不同环境、事件、情景之间的联想

在现实生活中，有很多不同的环境、不同事件、不同情景的发生，或多或少都有一些相近的原因，发现不同环境的相近因素以及其中所发生的不同事件和场景间的连带关系，是诱发联想的前提。

因此，可以通过跳跃性的甚至是矛盾的、巧妙的视觉表现场景，制造出某种悬念，紧紧抓住人们的视觉和心理，以一种意想不到的结局，使人们在画面奇妙的转换诱导中愉快地接受广告图形传播的信息。

当心中对某一事物念念不忘时，无论何时何地，只要愿意，它总会出现在我们面前，正如奇巧巧克力平面广告，一对孩子手牵手走过海边的栅栏栈道，脚下浮现的却是奇巧巧克力的形象（图3-7）。

2．图形设计表现的基本思路

（1）分解

这是指在图形的创意过程中，按照做减法的思路来进行表现。当然，这种减法不是简单的剔除，而是要根据创意主题及对象的特征，有目的、有计划地将原有图形的一部分减去，减去的部分有时还可以是另一事物的外形，从而达到1-1>0的视觉效果。如在玛格利特的作品《上流社会》中，当从背景减去一个带礼帽的男人的外形后，我们看到了背景、带礼帽的男人及背景减去一个带礼帽的男人的综合图形（图3-8）。

（2）综合

与分解的思路相反，综合就是要在表面看起来仿佛毫不相关的两个或两个以上的事物间寻找可以衔接之处，通过做加法的思路，以各种不同的综合手法来进行图形创意表现，以而达到1+1>2的视觉效果。当然，表面看起来不相关的事

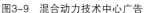

图3-9　混合动力技术中心广告

图3-10　新飞空调广告

物要有效综合起来，还必需有个前提条件，那就是同构（内涵相同或构造相似）。在混合动力技术中心广告中，将汽车与蝴蝶的翅膀形象结合，强化了该广告图形的视觉趣味性，我们看到的是汽车、蝴蝶，以及汽车与蝴蝶翅膀结合后的综合图形（图3-9）。

3. 图形设计的表现形式

（1）"形"的重复表现

在图形设计中，我们可以使形象反复连接，重复出现，求得一种连续性的图形关系；也可图形套图形，通过"形"的重复和巧妙的连接方式来加强图形本身的视觉冲击力，获得单一图形达不到的丰富效果。这种手法的特点是：在"形"的反复中保持统一与和谐，在形态不变中求得连接和组织结构的变化以带来整体组织关系的变化。

如新飞空调平面广告，墙面上重复排列的大象中，空调附近的大象纷纷伸出长鼻尽情呼吸，生动地传达出新飞空调提供新鲜氧气的功效（图3-10）。

（2）多形组合表现

在图形设计中，常利用多形的复合、多空间的复合、多环境的复合来达到多意的表达，利用形与形之间的组合关系预示某种综合性的逻辑概念。

"多形"是指由两个以上的形态所组成的图形结构。图形设计中，在保留原有物体个性的前提下，利用形态的相似性，使不同形态之间相互结合、相互共用，产生新的图形组织关系和新的图形个性，从而产生新的概念和意义。

如IU1衣物洗涤剂用品的平面广告，将穿着袜子的脚与表情夸赞的人脸形象结合，强化了该广告图形的趣味性（图3-11）。

（3）同形异质表现

在图形设计中，形态的综合常常带来含义的综合表达，因此，我们可以利用代表着某种含义的形态和代表着另一种含义的物质、肌理或材料来进行有效的重组、结合，以产生有机的图形结构关系，从而表达新的含义。

如绝对伏特加酒的一则平面广告，将比利时布鲁塞尔市政厅洒尿的小男孩于连的雕像换成了

图3-11　U1衣物洗涤剂广告

图3-12　绝对伏特加酒广告

铜质伏特加酒瓶，给目标受众以崭新的视觉冲击（图3-12）。

（4）形的裂变表现

在进行图形设计的时候，为了形成新的图形组织关系以表达新的含义，可以人为地去破坏某个完整的形，为另一个形态的介入或重组创造一定的形态空间和机会，最终形成巧妙的综合图形结构关系，以产生综合的逻辑表达效果，准确地传达信息。值得注意的是，在破坏组合的时候，一定要本着追寻自然效果的原则，将人为的组合变成天然的巧合，这样才能产生出奇制胜的图形创意设计。

如麦当劳形象平面广告，缺失的门牙神奇地形成了麦当劳标志的形象，这也许是长期吃麦当劳食品的结果（图3-13）。

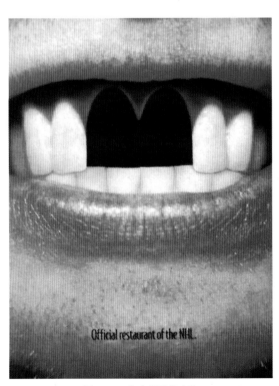

图3-13　麦当劳形象广告

图3-14　Mercury汽车广告

图3-15　Peugeot摩托车广告

（5）形的矛盾表现

在图形设计中，创造一些具有矛盾和悖论的空间形态关系和结构，使之形成视觉迷幻效果。这种形式的表现，往往会给人带来趣味性的图形结构和具有启发性的、更为广阔的图形寓意空间。

如Mercury汽车平面广告，正在绘制壁面广告的工人忍不住钻进了自己绘制的汽车里，只不过是想要一睹为快。这正是在二维平面上来体现三维空间的立体形态的极好范例（图3-14）。

（6）形的逆反表现

在图形设计中，可根据设计要求，人为地加以塑造，产生变异的逆反效果，以达到反常规但又符合情理的图形结构关系，并通过这种

新奇的图形组合关系，在吸引观者视觉的前提下，巧妙地传达出在图形关系中所蕴藏的某种寓意。

如Peugeot摩托车平面广告，当头发向前飘动时，坐在摩托车上的人也许体会到了顺风车的味道，而这正是驾驶此款摩托车的感受（图3-15）。

（7）形的虚实表现

就图形而言，从图形创意开始到图形设计完成，虚形就始终伴随在实形的左右。既然虚实是共生的，那我们在设计图形的时候，就应有意识地在创作实形的同时，多注意虚形的变化，有可能的话，虚实形最好同步设计，也就是说，既要设计好实形，又要设计好虚形。

因此，在图形设计的过程中要有效地利用虚形进行创作，它可使图形在视觉上具有更强烈的错视感和冲击力，并通过虚实形态的综合互动，大大提高图形的逻辑承载和综合表达信息的能力。

如Carslberg啤酒的平面广告，美酒与佳人一起出现。透过女性的臀部，人们不正看到了自己渴望已久的美味啤酒吗（图3-16）。

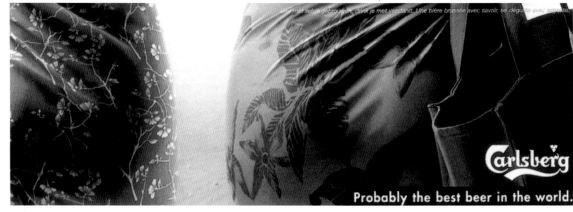

图3-16　Carslberg啤酒广告

二、广告文字设计

文字对于信息的正确传达有着极为重要的意义，它与图形共同构成广告的两大视觉形象要素。文字在信息的表述方面具有双重性：一方面文字本身具有意义的指向，另一方面文字又可转化为表示特定信息的设计图形，这种双重性使得文字设计不同于单纯的图形设计，而是展现出一种独特的魅力。

在广告中，文字设计广泛应用于商标、广告标题、广告语、广告正文等处。文字造型设计的好坏直接影响到广告的视觉传达效果和诉求力。因此，在进行文字设计时要避免不必要的装饰变化造成的识别障碍，应力求准确、有效地表达广告的主题和创意。

1. 字形变化

字形变化，即是对广告文字的整体外形结构进行变化。字形拉长会带有严肃、略带威严的感情色彩，压扁则显亲切温和；字体倾斜可产生生动感与速度感等。此外，字形变化还有弯曲、立体化、图形化等手法，可有效丰富文字的视觉表现

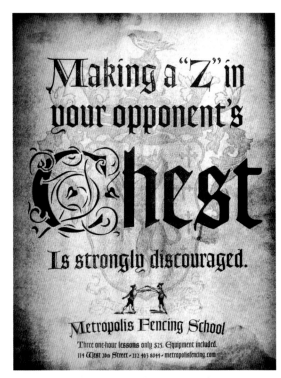

图3-17　大都会击剑学校广告

效果。

如大都会击剑学校平面广告，将广告主体文字的整体外形结构进行变化，形成了独具一格的视觉表现效果，历史感十足的文字设计深刻地传达了该击剑学校的有关信息（图3-17）。

图3-18　罗马假日娱乐场广告

2. 笔形变化

笔画是构成文字的基本元素，笔画的形状特点对字体风格的形成起到至关重要的作用。不同的字体具有不同的笔形特点，对基础字体进行笔形上的变化，将产生不同的新字体。在广告中，个性化的字体设计相对基础字体而言有更大的自由空间，但应注意变化的尺度，避免由于变化过大而造成识别的困难，对信息传达造成干扰。

如罗马假日娱乐场平面广告，将广告主体文字"罗马假日"中"假"字的一个部分进行笔形变化，恰到好处地表达了该娱乐场欢乐的气氛（图3-18）。

3. 结构变化

结构是笔画组成文字的依据，是长期以来在人们心目中形成的固有认识，随心所欲地改变文字的结构将使文字失去阅读性，造成沟通的障碍。因此，对结构的变化只能是局部且谨慎的。一般人们常采用概括、共用、取舍、连接等手法，改变笔画的疏密关系，使文字显得新颖别致。

如Vanlla Fiflds香水平面广告，广告主体品牌文字经过概括取舍，变得新颖别致，与广告所要诉求的Vanlla Fiflds香水"清香别致"的概念相得益彰（图3-19）。

4. 利用字体塑造广告视觉形象

在现代广告设计表现中，以文字形象为主来塑造广告视觉形象的设计作品屡见不鲜，而且逐渐形成了一种设计潮流，并以其清新、典雅、简洁并富有现代文化特性的风格受到消费者的青睐。

如女士脱毛器平面广告，利用汉字"女"为主要形象，结合特定图形来进行创意设计，获得了极好的广告视觉效果（图3-20）。

图3-19　Vanlla Fiflds香水广告

图3-20　女士脱毛器广告

三、广告色彩设计

色彩极具视觉冲击力，同时又极易引起人的情感反应与变化，是广告视觉表现中一个十分重要的要素。调查显示，人们对彩色广告的关注远大于黑白广告。因此，在进行广告色彩设计时要充分考虑到广告受众的审美心理，根据广告表现的主题和创意，利用色彩对人的视觉刺激与心理刺激的规律，有目的、有计划地选择用色，以达到吸引读者、强化宣传的目的。

1. 对比

现代广告设计的色彩应用中，色彩的对比在某种意义上构成了广告色彩设计最基本的手段。色彩对比是两种或两种以上同颜色之间的衬托关系，由于相互的影响而使得各自的差异特征更为鲜明和突出，可以说是"强者更强，弱者更弱"。其主要有以下几种类型。

（1）色相对比

由于色相是色彩最基本的属性，所以色相之间的对比关系表现得最为简单而直接。高纯度互补色的对比是色相对比关系中最极端的一类，视觉上的刺激也最为强烈。不同色相的色块并置在一起时，视觉感受会向着对方的互补色靠近，例如将黄色块与蓝色块并置时，黄色在视觉上会显得偏橙色，而蓝色则会偏紫。但补色并置时，对比双方的色相属性更显鲜明，如在纯度相同的情况下，红与绿的对比会使红色显得更红，绿色显得更绿。

色相对比的运用，能使画面效果鲜明强烈、个性突出，在广告中常用来表现新鲜、活力、时尚、娱乐等主题。其应用时，要注意色彩间所占面积的大小比例，通过面积的分配来强化对比关系，形成用色格调，特别是补色的面积关系更要

讲究，以免造成格调不高、品位低俗的印象。

如广州地铁形象平面广告，画面以红色为背景色，加上人物飘逸的白色长发，再配上紫、黑等小面积色彩，整个广告显得时尚而充满活力（图3-21）。

此外，"有彩"与"无彩"的对比也是一种常见的表现手法。黑白灰属于无彩色系，在广告画面中通过有彩部分与无彩部分在面积上的对比关系同样能形成较强的衬托效果（图3-22）。

（2）明度对比

这种对比主要是强调对比双方在明度上的差异，因相互的衬托影响使得暗色显得更暗，亮色显得更亮。

如Camel香烟平面广告，表现的是早晨的阳光透过树林，耀眼的光芒形成了骆驼的形象，对比十分醒目（图3-23）。

黑色与白色对比是明度对比中最强烈的对比关系。单一色彩的明度对比表现为一种素描关系，多用于报纸广告、宣传单页、说明书等低成本预算的印刷物。多种色彩在明度上的对比变化使视觉效果更丰富，由于色彩在色相、明度及纯度上的连动关系，若改变色彩的明度将使色相的对比效果趋于柔和。

（3）纯度对比

指色彩在饱和程度上的差异形成的对比。色彩的纯度如同明度变化一样有着丰富的层次，使得纯度的对比呈现出变化多端的效果。在广告设计中，利用纯度对比可以使色彩鲜艳的一方更加醒目突出。

如Camel香烟平面广告，表现的是在充满神秘色彩的酒吧里，不远处明亮的暖色灯光下的场景仿佛形成了骆驼的形象（图3-24）。

对比色块的纯度越高，形象上的清晰度也越

图3-21 广州地铁广告

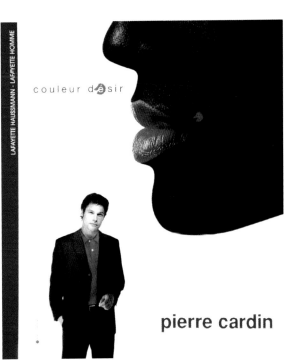

图3-22 Pierre Cardin服饰广告

图3-23 Camel香烟广告-1

图3-24 Camel香烟广告-2

图3-25 Mosching香水广告

高，反之则使形象变得模糊不清，不易识别。利用纯度较低又不失色彩倾向的灰调色彩可以使过于强烈刺目的对比趋于缓和，起到调节作用；或者在纯度较低的色彩搭配中加入小面积鲜艳的颜色，也可以达到"提神"的效果。

（4）冷暖对比

色彩的冷暖是人们把生理和心理的感受与视觉物象进行联系想象形成的色彩认识。色彩的冷暖能给人的情绪造成影响，其对比同样是一种相互衬托的关系，在对比中冷色显得更冷，暖色显得更暖。

在广告设计中合理安排色彩的冷暖关系能有效突出广告对象的特色和属性，还使得视觉效果更强烈、更醒目（图3-25）。

2. 色调塑造

色调是指画面整体所呈现的色彩倾向。例如，色相上有红黄色调、蓝绿色调，明度上有亮色调、暗色调，纯度上有饱和色调、灰色调，冷暖关系上有冷色调、暖色调等。色调也是色彩搭配给人的总体印象。这种印象的生成有利于读者对广告画面内容的理解和把握，也是作品艺术品位和格调的体现。

色调应有序地形成，这种有序表现为画面中色彩组合关系的秩序感。占主导地位的色彩是色调形成的决定因素，使整体色彩倾向于向主导色一方靠拢，所以色调一般以主导色特征命名。主导色是一种或几种属性相近的颜色在画面中所占面积最大的色彩，例如我们说画面呈暖色调，所指的就是画面中暖色占有的面积最大，它可能是一种暖色，也可能包括黄、橙、红等多种暖色。暖色调并不排斥冷色的存在，相反，小面积的冷色是增强暖色表现力的必要部分，即使在不同的暖色中也应寻求冷暖的变化，以丰富画面效果，如柠檬黄相对于中黄显得偏冷，大红相对玫红显得偏暖。

如Havaianas鞋的两则平面广告，分别以绿色和紫红色为主色调，强化了广告对受众的视觉刺激和记忆（图3-26～图3-27）。

图3-26　Havaianas鞋广告-1

图3-27　Havaianas鞋广告-2

第四章　广告编排设计

图4-1　Aupres化妆品广告

广告编排是指广告图形、文字等视觉要素的经营布局。广告编排设计是构成广告画面视觉风格的重要因素，其目的就是要将图形、文字等视觉要素纳入到整体的视觉秩序当中，形成一种和谐统一的秩序感和表现力，从而体现广告设计的整体个性形象（图4-1）。相同的要素通过不同版式的安排，能表现丰富多样的性格特点，因而编排是平面广告设计的重要环节。

合理编排的广告作品既能有效吸引受众的眼光，又能展现鲜明的个性特征。相同的文字、图形和色彩可以通过编排手法表达完全不同的视觉性格和情绪。

一、广告编排设计的原则

1．形式简洁，整体统一

现代广告的发展已呈现出个性化、简约化、多元化、国际化的趋势。以简洁的视觉语言来

彰显鲜明的产品或服务个性更是对当今广告的要求。文字、图形、色彩是广告表现的基本视觉要素，广告编排的重要任务就是将这些要素有条理地组织成一个和谐的整体，为表现广告主题服务。

在广告编排设计中，我们所要强调的是文字、图形、色彩各要素之间的统一和谐关系，这种关系就体现在其内部编排结构的关系与秩序当中。

2．树立形象，展现个性

广告编排是一种有生命、有性格的语言形式，这种性格的体现与广告产品的特征有着紧密的联系。一般而言，广告设计的风格取决于商品的性格特征（如大小、软硬、古朴与时尚、柔和与强烈等），而这些特征正是通过广告编排的个性化设计准确地传达给了消费者。

3．引人注目，阅读方便

优秀的广告编排设计是将各视觉要素有效地组织起来，通过相互关系的配合，形成具有个性的风格面貌，吸引读者的目光。

广告如果不能迅速地引起消费者的注意，就势必被淹没在各种信息的海洋里，达不到宣传与促销的目的。一般说来，广告抓住受众注意力的机会不到三秒钟。因此，良好的广告编排设计不仅可以引起注意，而且可以保持注意，还可以在最短的时间内传达最多的信息，使受众更轻松地理解广告所要传达的信息。

二、广告编排设计的形式

现代广告编排设计形式多样，主要有以下一些基本形式。

1. 骨格式

骨格式是一种规范的、理性的分割方法。常见的骨格有竖向的通栏、双栏、三栏、四栏，横向的通栏、双栏、三栏和四栏等。一般以竖向分栏为多。在图片和文字的编排上严格地按照骨格比例进行编排配置，给人以严谨、和谐、理性的美。骨格经过相互混合后的版式，既理性、条理，又活泼而具弹性（图4-2）。

2. 分割式

分割式是以图形、文字将版面进行不同方向、比例和形态的分割，使形成的区域产生一种明暗、疏密、动静的对比关系。常见的有上下、左右、对角线等分割类型（图4-3）。

3. 满版式

满版式即指版面以图像充满整版，主要以图像为诉求，视觉传达直观而强烈。文字的配置压置在上下、左右或中部的图像上。满版型给人大方、舒展的感觉，是广告样编排设计常用的形式（图4-4）。

4. 曲线式

曲线式是指图片或文字在版面结构上作曲线的编排构成，以产生韵律与节奏感（图4-5）。

5. 倾斜式

倾斜式是指版面主体形象或多幅图版作倾斜编排，造成版面强烈的动感和不稳定感，以引人注目（图4-6）。

6. 对称式

对称式编排给人稳定、庄重、理性的感受。对称有绝对对称与相对对称。一般多采用相对对称手法，以避免过于严谨。对称一般以左右对称居多（图4-7）。

7. 重心式

重心式编排有时直接以独立而轮廓分明的形象占据版面中心，有时又将视觉元素向版面中心聚拢（向心），或以弧形状向外扩散（离心）。

这种编排方式能使广告画面产生视觉焦点，并感觉强烈而突出（图4-8）。

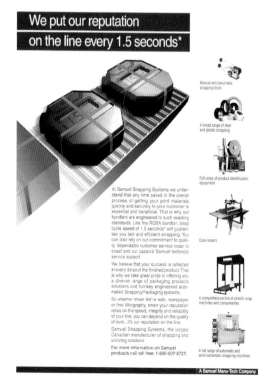

图4-2 某制造企业平面广告

图4-3 丰田汽车平面广告

图4-4 ROOTS手表平面广告

图4-5 CLAIROL染发剂平面广告

图4-6 OLAY沐浴液平面广告

图4-7 TropicSun防晒油平面广告

图4-8 Keds鞋平面广告

三、广告编排的视觉流程设计

在广告设计中，最重要的就是通过标题和画面的结合来传达各种信息。广告设计的最佳目标是设计出非常有吸引力的广告，能让人一字不落地看完所有的信息（包括主体文案）。然而观者的视线依次只能集中在一点上，所以设计者要在构图中安排好各种元素，以便观者能轻松地逐一看来。

人的阅读习惯一般从画面的左上角开始，目光向右再向下移动，大致呈"Z"形方向，这种习惯上的视觉流程为广告版面编排提供了有效的依据。在广告设计中，我们可以有效地利用视觉流程来进行编排设计。

1. 目光引导

通过画面中的人物、动物或卡通形象的视线方向引导读者的目光自然地跟随移至下一单元的内容。

如Victor电脑平面广告,画面中人物的眼神引导受众的目光移向广告文案及其他 部分(图4-9)。

2. 指向性图形引导

指带有方向性暗示的图形对读者注意力的引导。比如手指、箭头、线条、盒形、运动中的形象等,读者的目光通常会跟随图形指向的方向移动。垂直方向严肃,水平方向稳定,斜向有冲击力,曲线方向活泼而富于动感。

如Motorola手机平面广告,受众的目光将首先跟随画面中人物手的位置移动到广告的中心即手机形象处,然后再移至广告文字及其他部分(图4-10)。

图4-9　VICTOR电脑广告

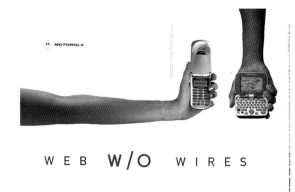

图4-10　Motorola手机广告

第二部分　广告设计案例研究

第五章 全国大学生广告艺术大赛案例研究

全国大学生广告艺术大赛简介

全国大学生广告艺术大赛由教育部高等教育司、教育部高等学校新闻学学科教学指导委员会主办，北京联合大学广告学院与中国传媒大学新闻传播学部共同承办，是面向全国在校大学生的一项群众性的广告策划创意实践活动。

全国大学生广告艺术大赛目的在于活跃大学生的课外文化生活，激发大学生的创意灵感，提高大学生的实际动手能力、策划能力、协调组织能力，促进大学新闻传播教育的人才培养模式、课程设置、教学内容和方法的改革，提高大学生的创新精神和实践能力。

一、《国际广告》杂志品牌宣传广告

1. 《国际广告》杂志社选题背景资料

（1）企业名称

《国际广告》杂志社

（2）杂志社简介

《国际广告》创刊于1985年，是由中华人民共和国商务部主管面向国内外发行的广告专业月刊。1997年独家购买世界权威杂志美国《广告时代》周刊（Advertising Age）中国版权。《国际广告》在同类期刊中，有62.82%高校的广告专业教师和学生经常阅读（中国人民大学新闻学院调研数据），同时也是广告业界阅读率最频繁的专业杂志之一。《国际广告》立足国内、面向世界；注重信息与实用性，极具参考、借鉴与收藏价值。

1）主要内容：品牌、创意、媒介、营销、沟通五大板块。

2）主要品牌栏目：全球品牌创新、海外营销观察、扫描实效营销、国外媒体报道、大传媒、广告新地带、市场大参考等。

3）主要读者：调查显示，广告业的读者占总体的36%；企业占32%；媒介占23%；其他各相关行业、广告专业师生等的比例为9%。读者的年龄跨度大，22～45岁的读者群构成中坚力量；个人月收入在3000元以上的读者占到86.2%。

4）发行渠道：全国各地邮局订阅、报刊零售点、专业书店、网络、机场、高校零售。

（3）广告主题

《国际广告》杂志的品牌宣传推广。

（4）广告目的

提高《国际广告》杂志的品牌知名度、认知度，在目标读者群中建立"环球市场、专业务实、资讯及时"的良好口碑，并建立以杂志为平台，推进广告公司、企业和媒介三方沟通的品牌形象，以期形成同类期刊中"与众不同"的领导定位。

（5）广告命题要求

以"推进广告公司、企业和媒介三方沟通"为主题，进行广告创意设计，使消费者能够在"广告专业杂志"、"《国际广告》"、"环球市场、专业务实、资讯及时"之间建立强有力的品牌联想。

1）建议列入事项：《国际广告》杂志LOGO（可在杂志网站下载）

2）营销企划要点：策划一个营销方案，使《国际广告》杂志的优势获得广泛的认知和接受。

3）策划项目背景：现有同类期刊市场拥挤，办刊内容趋同，定位日益模糊，读者市场萎缩，杂志发展进入瓶颈阶段。"论坛"、"评选"、"赞助"等成为杂志营销的"救命稻草"。《国际广告》杂志从内容入手，利用美国《广告时代》周刊独家版权的优势，调集国外内容资源，加强栏目整合，着力于"品牌"、"营销"、"媒介"三大板块协调发展。

① 结合中华人民共和国商务部"品牌万里行"活动，打造"品牌专刊"，持续介绍自主品牌的经营之路。

② 介绍海内外营销趋势及品牌创新营销个案，并在《海外营销观察》、《扫描实效营销》栏目中重点推出。

③ 关注新媒体的传播价值及传统媒体的新营销，并深入探讨媒体整合传播的新动向。

④ 从媒介发展趋势入手，推进杂志的"网络化"进程。

4）营销目的：将《国际广告》杂志塑造成最具"商业性、行业性、专业性"的业内人士"必读宝典"。

2.《国际广告》杂志品牌宣传广告创意设计分析

（1）创意概念挖掘

每一个广告都基于一个特定的创意（也被称为概念），它是独特广告设计的基础，《国际广告》杂志同样如此。那么，《国际广告》杂志的特定概念什么呢？

创意概念是对某一产品或服务所具特性的概念性表述，是整个广告运作的核心诉求点，是产品或服务的特性与消费者所需利益高度一致的融合点。基于上述认识，我们开始了对《国际广告》杂志社选题背景资料的研究与分析。

特定概念作为基本的核心诉求点，一定是核心竞争力的浓缩。就《国际广告》杂志而言，其广告目的在于提高杂志的品牌知名度、认知度，在目标读者群中建立良好口碑，以期形成同类期刊中"与众不同"的领导定位。而其广告命题要

求能使消费者在"广告专业杂志"、"《国际广告》"、"环球市场、专业务实、资讯及时"之间建立强有力的品牌联想。

基于以上分析，于是，"专业"、"与众不同"、"口碑"这几个概念逐渐显现出来。但我们认为，作为基本的核心诉求点的特定概念不能是零散的、彼此割裂的概念组合，而因该是这些概念的融合点。于是，我们又对上述概念作了的分析（图5-1）。

通过分析，我们提炼出了"独特的专业口碑"这一特定概念，而其中，"口碑"无疑正是我们苦苦找寻的核心诉求点。

（2）创意点子想象

创意点子（Idea）是一定要能吸引消费者的注意力以及引发他们主动探索兴趣的好想法。而好的广告创意点子一般都是"情理之中，意料之外"的奇思妙想。于是，围绕"独特的专业口碑"这一特定概念，我们展开了对创意点子的寻找。

首先，针对"专业"的概念，我们通过以下分析，找到了"广告人"这一创意点；其次，对于"独特"的概念，通过分析，我们找到了"知

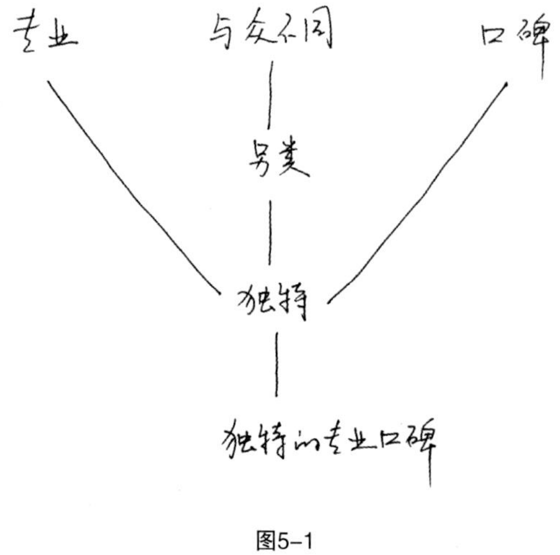

图5-1

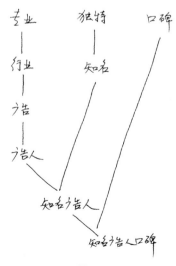

图5-2

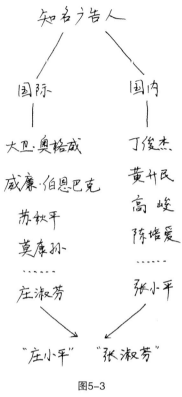

图5-3

图5-4

名"这一创意点。整合两个创意点，我们得到了"知名广告人口碑"的创意点子（图5-2）。

（3）视觉元素寻找与表现

找到了创意概念与创意点子，接下来的任务便是寻找合适的视觉元素来进行视觉表现。

怎样的视觉元素才能恰到好处的表达"知名广告人口碑"的创意点子呢？围绕"知名广告人"的创意点，通过以下推演分析，我们挖掘出"张小平"、"庄淑芬"这样两个知名广告人作为视觉元素（图5-3）。原本想将此两人的视觉形象经过平面化（如黑白版画）处理后，放置到广告画面中。但经过认真分析，最终我们决定将"张小平"、"庄淑芬"的姓名互换，变成"庄小平"、"张淑芬"，并以文字的形式出现在广告画面中。需要指出的是，之所以将两位知名广告人的姓名互换，是因为这样的视觉元素涉及到现实生活中的具体人物，我们不能直接用现实生活中的人物名称来作表达，以免引起争议。

接下来，针对"口碑"这一创意点，通过以下分析，我们采用幽默诙谐的表现方式，设计出"一月一次也够爽"、"一月一次很必要"两句具体的文字元素（图5-4）。

通过上述分析，在《国际广告》杂志品牌宣传广告设计中，我们决定将主要运用文字元素来进行视觉表现。因此，对于文字本身的设计十分重要。在这里，文字已作为广告视觉传达表现的最主要部分，其本身的设计可以直观地诠释文案创意，可借助其视觉表现力来吸引消费者并激发消费者的情绪。

那么，如何进行《国际广告》杂志品牌宣传

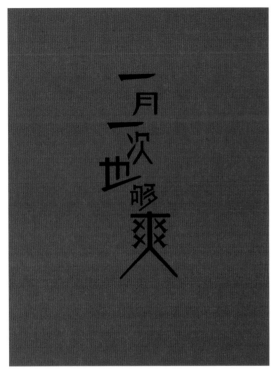

图5-6

图5-7

广告的文字设计？或者说怎样的文字设计能形象、生动地表现出"一月一次也够爽"、"一月一次很必要"两个创意点呢？很显然，黑体、宋体这些常用字体无法达到目的。于是，我们就"一月一次也够爽"、"一月一次很必要"的文字设计进行了多次尝试，最终采用夸张变形的手法设计出其文字表现方案（图5-5）。

当然，《国际广告》杂志品牌宣传广告的设计除文字设计外，还有一个重要方面是色彩的设计。在广告表现中，色彩运用是受商品属性、设计定位等方面的制约的，广告设计所表达的情绪是否准确，色彩可以起到关键作用。基于这样的认识，我们又展开了《国际广告》杂志品牌宣传广告的色彩设计。

通过对《国际广告》杂志社选题背景资料的研究与分析，我们提炼出了"专业"、"与众不

同"等概念。我们认为，色彩设计必须体现一定的文化内涵，只有这样才可能表达"专业"、"与众不同"的概念。因此，我们很快就将下面的色彩设计方案否定（图5-6），并再一次进行了色彩设计方案的寻找，最终发现了以下的色彩并运用到设计方案中（图5-7）。

文字和色彩的设计方案敲定后，《国际广告》杂志品牌宣传广告设计的最后环节便是编排设计。广告编排设计是构成广告画面视觉风格的重要因素，合理编排的广告作品既能有效吸引受众的眼光，又能展现鲜明的个性特征。由于《国际广告》杂志广告是以文字设计的表达为主体，因此在广告编排设计上，我们放大、强化了文字在广告画面中的面积和分量，最终完成了整个广告设计（图5-8、图5-9）。

图5-8　国际广告杂志宣传广告-男篇

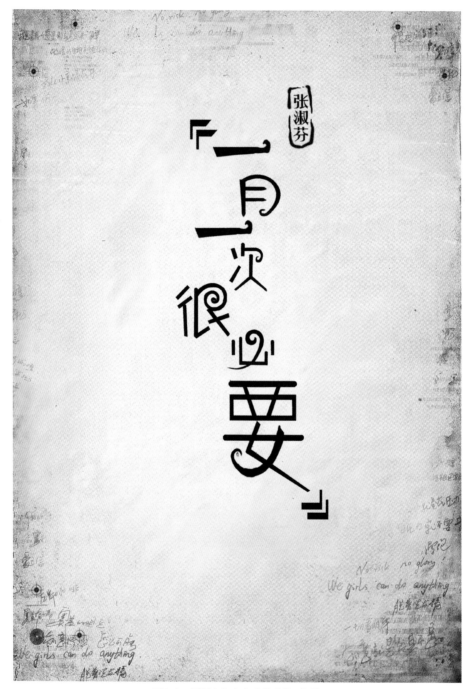

图5-9　国际广告杂志宣传广告-女篇

本广告设计荣获第二届全国大学生广告艺术大赛全国三等奖

作者：陈波、刘晓淑

指导教师：李伟

二、龙之媒读书网广告

1. 北京龙之媒广告文化书店有限公司选题背景资料

（1）企业名称

北京龙之媒广告文化书店有限公司。

（2）公司简介

1）基本情况：龙之媒广告文化书店，前身北京广告人书店，成立于1995年，是全国首家广告专业书店，现是全国规模最大、最具影响力的广告专业书店。龙之媒策划出版的"龙媒广告选书"是广告专业图书的第一品牌。其总部位于北京，共有七家全资直营店。

2）服务项目：龙之媒专注于专业图书领域，以会员制为基础，通过多种服务形式为全国读者提供涵盖广告、设计、营销、传媒四大行业的数千种专业图书及多种优秀专业杂志的销售和订阅。

3）名称、标志释义：龙之媒，语出《汉书·礼乐志》，"天马徕，从西极，……天马徕，龙之媒"，意为天马神俊，为招引神龙的媒介。采用这个名称，用以比喻公司对于广告行业的作用。

公司标志使用的龙首马身的图案，为古代传统图案中的"青龙"。青龙意指尊贵，而且此图案和公司名称"龙之媒"的含义非常吻合。

4）创办人：

徐智明：董事长。1995年创办全国首家广告专业书店龙之媒广告文化书店并经营至今。现任中国书刊发行业协会非国有书业工作委员会副主任兼秘书长，中国广告协会学术委员会常委，北京广告协会常务理事。著有《广告策划》《广告文案写作》等广告专著，译著《广告的艺术》，并在中国最有影响力的书业媒体《中国图书商报》撰写"专业图书营销"专栏。其任"龙媒广告选书"总策划人，现已出版100多种。

高志宏：总经理。中国广告协会学术委员会委员，与徐智明合著《广告策划》、《广告文案写作》等广告专著，译著《广告的艺术》。其任"龙媒广告选书"总策划人。

（3）经营理念与文化

企业的基本态度是秉承虔诚的态度，做人、做事、做企业，企业的每一个信念都发自内心而不是空洞的口号。企业的核心信念是："做有道德的人，做有道德的事"（对社会的责任感）；"做有创意的人，做有创意的事"（对个人的责任感）；"为广告人，为广告事"（对行业的责任感）。

（4）产品名称

龙之媒读书网（www.longzhimei.com）。

（5）产品定位

创意产业互动传播平台。

（6）产品简介

龙之媒读书网是龙之媒广告文化书店借助全球领先的动画翻页电子书技术，打造的一个全新的互动传播平台。它呈献免费阅读电子书和电子杂志、写博客、出书、买书、订杂志、数字图书馆、创意市集等全面服务和完备的会员自助管理、在线帮助、网上支付功能。在这里，读者可以尽享读书、写书、出书、买书的网络读写新生活！

（7）广告目的

通过引导读者体验龙之媒读书网的全新阅读与传播感受，建立读者对龙之媒读书网作为创意产业互动传播平台的全新认知。

（8）目标群体

包括广告、设计、营销、传媒等行业的创意产业内机构、从业人员、相关专业教师和学生。

（9）品牌形象/个性

龙之媒广告文化书店十几年来已经在所服务的行业建立了富有理想、责任感、可信、亲切、注重服务的企业和品牌形象。此次广告活动，希望在延续原有形象、个性的同时，为企业形象注入更多现代、创新的内涵。

（10）广告语

企业形象广告语为"进步路上的伙伴"。此次活动的广告语可自由发想。

（11）主要竞争者

龙之媒不以任何机构或品牌为直接竞争者，广告活动也不着眼于竞争。

2. 龙之媒读书网广告创意设计分析

（1）创意概念挖掘

龙之媒读书网广告的目的在于通过引导读者体验龙之媒读书网的全新阅读与传播感受，建立读者对龙之媒读书网作为创意产业互动传播平台的全新认知。广告旨在延续原有形象、个性的同时，为企业形象注入更多现代、创新的内涵。

基于以上分析，结合对北京龙之媒广告文化书店有限公司选题背景资料的反复研究，"体验"、"现代"、"个性"这几个概念得以提炼出来，但这些概念应融合为一点。于是，我们又对上述概念作了以下的分析（图5-10）。

通过分析，我们得出"全新感受"这一特定概念，这无疑正是龙之媒读书网广告的核心诉求点。

（2）创意点子想象

围绕"全新感受"这一特定概念，接下来我们展开了创意点子的寻找。首先，针对"感受"的概念，我们通过分析，找到了"美食"这一创意点；其次，对于"全新"的概念，通过分析，

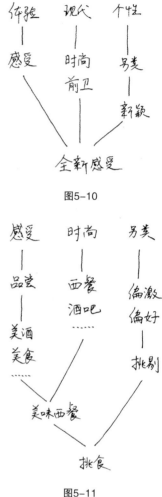

图5-10

图5-11

我们找到了"时尚、"另类"两个创意点并将其加以延伸，获得了"西餐"、"挑剔"等点子。

综合上述创意点，我们最终提炼出龙之媒读书网的广告创意点子——"挑食"（图5-11）。

（3）视觉元素寻找与表现

确定广告创意概念和点子后，寻找合适的视觉元素来进行视觉表现成为下一步的主要工作。

围绕"挑食"这一创意点子，结合龙之媒读书网作为互动传播平台的"互动"特性，通过概念延伸分析，我们找到了诸如"餐具"、"网络"、"电脑"、"鼠标"、"鼠标箭头"等元素。

图5-12

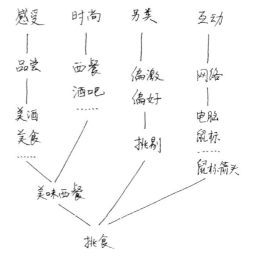

图5-13

那么，这些元素如何与创意点子"挑食"相结合呢？或者说，在上述元素中，哪个元素与创意点子"挑食"结合可获得最佳的视觉效果呢？通过分析，我们最终选择了"西餐餐具"与"鼠标箭头"这两个视觉元素，并将两者加以综合。因为，它可清晰地表达龙之媒读书网这一互动传播平台的"网络"特性（图5-12、图5-13）。

接下来的任务是整合我们所选择的视觉元素来进行表现。由于图形是广告的重要组成部分，广告创意的表现成败，很大程度上取决于广告作品中图形的表现是否能抓住消费者并引起消费者的共鸣。因此，在龙之媒读书网广告设计表现时着重突出了"手、餐具"等视觉形象，而文字只作为辅助。在图形表现时为了将"西餐餐具"与"鼠标箭头"这两个视觉元素予以综合，我们利用了图形置换的手法，将西餐时手中所拿的刀、叉变成了鼠标箭头。而为表达"挑食"这一点子，我们同时采取了图形置换以及多与少对比的手法，即画面中的食物变成了各种网址的文字信息，而餐盘中只有龙之媒读书网的文字信息，餐盘周围则散落着众多其他不知名网址的文字信息（图5-14）。

色调是画面整体所呈现的色彩倾向，这种印

图5-14 龙之媒读书网广告

象的生成有利于读者对广告画面内容的理解和把握，也是作品艺术品位和格调的体现。基于此，龙之媒读书网广告设计中将色彩的倾向进行了一定程度的强化，目的是使广告画面产生更强的视觉吸引力。

最后，我们对广告设计的整体效果进行审视，对画面的构图进行了较大幅度调整，使得画面更为饱满，并对画面中的细节（如双手所持的鼠标箭头）进行了设计修改，最终完成了龙之媒读书网广告设计（图5-15）。

图5-15　龙之媒读书网广告

本广告设计荣获第二届全国大学生广告艺术大赛湖南分赛区一等奖

作者：刘媚

指导教师：李伟

第六章 中国广告协会学院奖案例研究

中国广告协会学院奖简介

中国广告协会学院奖,简称"学院奖",是目前国内唯一经国家工商总局批准,由中国广告协会主办的全国性广告奖,每两年举办一次,旨在鼓励中国广告新生代努力提高自身的创意制作水平,促进广告教育发展,使院校教育与社会实践相结合,发现、培养更多的广告人才。参赛的对象是接受国内各类教育的在校生和毕业三年内的广告从业人员。参与者涵盖全国500所高校、27万专业大学生群体。

该奖项是中国大学生广告节中的核心项目,重要内容是:命题动员全国高校中有广告及相关专业的学生,以为中国著名企业做命题创意竞赛活动的形式,强力拉升命题企业的品牌影响力。

该奖项已在全国各高等院校中深入人心,且其影响已经从高校延伸至广告行业,成为行业遴选人才,企业获取杰出创意的重要途径。

一、波斯登品牌形象广告

1. 波司登选题背景资料

（1）企业名称

波司登国际控股有限公司。

（2）产品名称

波司登。

（3）广告主题

波司登品牌形象广告。

（4）广告目的

1）塑造"波司登"为中国"羽绒服行业第一"的品牌形象。

2）让更多消费者产生穿着羽绒服与冬天更美的联想。

3）塑造波司登使您"冬天更美"的消费态度。

4）传达领导羽绒服时尚理念，促进可持续发展的经营。

（5）命题类别

平面广告作品、影视广告作品、营销策划作品。

（6）企业/产品简介

波司登国际控股有限公司是亚洲规模最大、技术最先进，集科研、设计、生产、加工、销售于一体的羽绒服装企业，现有常熟波司登、江苏雪中飞、山东康博和扬州波司登四大羽绒服生产基地，员工20000人，综合实力连续多年名列中国服装行业十强。2007年9月，被国家质量监督检验检疫总局、中国名牌战略推进委员会联合评定为"中国世界名牌产品"，成为中国服装行业首个"世界名牌"。

中国羽绒服行业领军品牌——"波司登"是首届中国服装品牌价值大奖得主。2006年品牌价值经权威机构评估达102亿元。波司登羽绒服被评为中国驰名商标和中国名牌产品，并通过国家免检产品和国家出口免验产品认证，连续12年（1995～2006）全国销量遥遥领先。雪中飞、康博羽绒服同为中国名牌产品和国家免检产品，雪中飞羽绒服已连续7年（2000～2006）获全国销量第二名，"康博"荣获首届中国服装品牌潜力大奖。2006年，波司登荣获"中国十大世界影响力品牌"、"世界市场中国行业十大品牌"。公司积极推进品牌多元化与产品系列化战略，目前还拥有冰洁、冰飞、常羽、天羽、上羽、双羽、DERNAI（德兰尼）、狄奥等品牌，形成羽绒服为主导，休闲男装、时尚女装、体育用品、内衣、针织、羊绒、童装、家纺等协调发展的新格局。2006年，波司登上缴税收4亿多元，2007年1～6月上缴国家税收3.8亿元，成为羽绒服行业纳税龙头企业。

波司登积极贯彻国际标准，先后通过中国环境标志认证、ISO9001：2000质量管理体系认证和ISO14001环境管理体系认证，并被评为全国质量管理先进企业。波司登连续11年（1997～2007）代表中国防寒服发布流行趋势，以简约、自然、飘逸的设计理念引领时尚潮流。2004年起，波司登与中国科学院化学研究所合作研发，联手将具有国内领先水平的纳米技术引入防寒服领域，革命性地推出中科纳米·抗菌羽绒服，引爆行业新一轮技术创新和品质升级，创世界名牌，扬民族志气。波司登羽绒服先后荣获俄罗斯圣彼得堡、蒙古乌兰巴托国际博览会金奖，并作为国礼由外交部赠送俄罗斯、芬兰、加纳等国家元首。波司登积极向国际化发展，已与美国杜邦、日本伊藤忠等强强联合，共同开拓全球市场。并成为NIKE、BOSS、TOMMY、

GAP、POLO、ELLE等国际名牌的合作伙伴。波司登羽绒服成功进入日本、美国、加拿大、俄罗斯、瑞士等国家市场。2006年，"波司登"自营出口和外贸出口额达到2.9亿美元，又刷新了波司登的年出口值。

波司登——世界名牌、民族骄傲！

（7）目标消费群

20～45岁充满活力的中青年，以女性为主。

（8）主要竞争对手

雅鹿、艾莱依。

2. 波斯登品牌形象广告创意设计分析

（1）创意概念挖掘

从波司登选题背景资料可以得知，波斯登品牌形象广告目的是要让更多消费者产生穿着羽绒服与冬天更美的联想，并塑造波司登使您"冬天更美"的消费态度。

基于这样的分析，通过对选题背景资料的反复研究，我们认为"冬天更美"就是波斯登品牌形象广告的创意概念。

（2）创意点子想象

围绕"冬天更美"这一特定概念，我们开始寻找创意点子。针对"冬天"和"美"的概念，我们通过分析，找到了"雪景"与"梅花"的创意点。经过反复斟酌，我们针对波斯登品牌形象广告的创意点子就是"雪景梅花——美丽绽放"（图6-1）。

（3）视觉元素寻找与表现

确定广告创意概念"冬天更美"和创意点子"雪景梅花——美丽绽放"后，我们便开始了视觉元素的寻找。

围绕"雪景"这一创意点子，通过概念延伸分析，我们找到了诸如"雪地"、"脚印"等视觉元素；而围绕"梅花"这一创意点子，同样通

图6-1

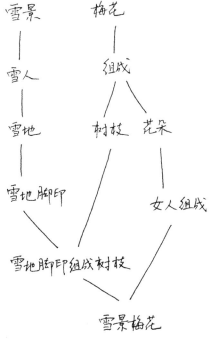

图6-2

图6-3   图6-4

过概念延伸分析，我们找到了诸如"女人"、"女人组成的花朵"等视觉元素（图6-2、图6-3、图6-4）。

整合所选择的视觉元素，我们进行了广告设计表现。在表现过程中，图形的表现是否能抓住消费者并引起消费者的共鸣变得尤为重要。因此，针对波斯登品牌形象广告设计，我们在设计表现时首先采用了图形置换的手法，将梅花花朵变为由女孩组成；再运用肖形的手法，将雪地脚印变化成梅树的树枝形状，着重强化并着力表达"雪中梅花"这一视觉形象，试图营造出浓郁的传统中国画风格；为此，广告中的文字（广告语——绽放冬日之美）也以书法字体来表现，而在构图上也是模仿了传统中国画的构图方式。为体现作品的艺术品位和格调，我们在广告色彩的设计中尽可能使用传统中国画所常用的黑、白、灰色彩，适当以红色加以点缀。

但是，当广告设计基本完成时，我们发现画面中"女人组成的花朵"过于呆板，没有表达"雪景梅花——美丽绽放"的感觉。为此，我们进行了进一步的修改调整并最终完成了作品（图6-5、图6-6、图6-7）。

踏雪寻梅　冬天更美

图6-5　波司登形象广告-1

踏雪寻梅 冬天更美

图6-6 波司登形象广告-2

图6-7　波司登形象广告-3

本广告设计作者：陈波、刘晓淑

指导教师：李伟

二、金鸡益母草颗粒广告

1. 金鸡益母草颗粒选题背景资料

（1）企业名称

美国东方生物技术有限公司（中文简称美东，英文简称AOBO）。

（2）产品名称

金鸡益母草颗粒。

（3）广告主题

金鸡益母草品牌形象、功效及金鸡家族品牌形象。

（4）广告目的

1）突出金鸡益母草及金鸡家族品牌在专业女性用药的领导地位。

2）让消费者更清晰、明确、信任产品的功效。

3）通过金鸡益母草带动金鸡家族品牌魅力的提升。

4）进一步树立AOBO企业品牌形象。

（5）命题类别

平面广告作品、影视广告作品、营销策划作品、网络广告作品。

（6）企业简介

AOBO广西灵峰药业有限公司——打造中国妇科用药第一品牌。广西灵峰药业有限公司是广西自治区重点植物药生产企业，致力于女性健康药品的研发与生产。2006年美国东方生物技术有限公司（AOBO）成功收购灵峰药业，使其成为AOBO旗下第三支药品制造企业，是AOBO植物制药的主体生产基地。灵峰药业在中国国内首创的妇科良药金鸡牌金鸡系列产品曾于1985年、1990年两度荣获中国国家质量奖银质奖。在AOBO总战略下，灵峰药业逐步形成了以金鸡系列产品为代表的妇科用药研发生产基地，踏上了打造中国妇科用药第一品牌的征程，并致力于为世界妇女的健康作出贡献。

（7）产品简介

金鸡益母草颗粒主治活血、调经，用于月经量少。与同类益母草产品相比，金鸡益母草有三大产品优势。

1）品牌优势：来自"金鸡家族专业女性用药"，AOBO灵峰药业专业致力于女性健康药品的研究和生产，在妇科用药领域的多项研发成果，使之成为国内妇科用药的领军企业。金鸡益母草颗粒来自"金鸡家族"，由专业团队专业打造，在技术与研发上拥有其他益母草生产厂家无法比拟的优势。

2）药材优势：只采摘初花期的原药材，有效含量最高。金鸡益母草仅采用广西灵峰山北坡春末夏初收割的野生益母草，以幼苗全株入药，这时其有效成分含量均达最高值。

3）工艺优势：采用动态微波技术，彻底提取有效成分。AOBO特别运用先进的高科技动态微波提取技术，使野生益母草所含的有效成分都能够彻底地被提取，因此溶解速度快，而且溶后无杂质、无沉淀、无糊化物，更易被吸收。

（8）目标消费群

所有育龄期14～50周岁的女性人群。

（9）主要竞争对手

修正益母草、四川蜀中益母草、广西天天乐益母草。

（10）建议列入事项

1）AOBO企业标识和金鸡品牌标识。

2）形象代言人倪萍（中国电影表演艺术家、著名节目主持人）。

3）已经拥有的广告语言：金鸡益母草，女

人传家宝。

4）金鸡家族，专业女性用药是我们的品牌形象。

5）明确"广西灵峰"为AOBO下属企业。

（11）其他补充事项

1）我们已经挖掘和使用了广西民歌、倪萍的真诚推荐等元素。

2）金鸡家族的产品包括：金鸡胶囊、金鸡益母草、金鸡颗粒、金鸡片、金鸡洗液。

3）金鸡家族——专业女性用药。

（以上几项可有选择使用，不作具体要求）

2. 金鸡益母草颗粒广告创意设计分析

（1）创意概念挖掘

通过对金鸡益母草颗粒选题背景资料的研究与分析，我们得知金鸡益母草产品具有三大优势，即品牌优势、药材优势和工艺优势。

具体来说，其品牌优势主要体现为金鸡益母草颗粒是"专业女性用药"，药材优势体现为其选材的"天然野性"，而工艺优势则主要体现为"易吸收"。

基于以上分析，我们认为，金鸡益母草颗粒广告的创意概念正是"自然健康"（图6-8）。

（2）创意点子想象

好的广告创意点子一般都是"情理之中，意

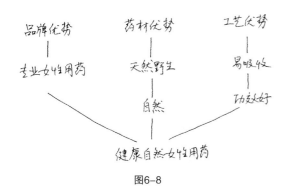

图6-8

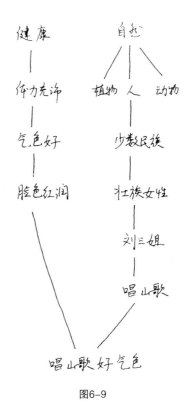

图6-9

料之外"的奇思妙想。于是，围绕"自然健康"这一特定概念，我们开始寻找创意点子。

针对"健康"的概念，通过以下分析，我们找到了"好气色"、"脸色红润"等创意点；而对于"自然"的概念，我们通过分析，找到了"少数民族"、"刘三姐"、"唱山歌"等创意点。

将上述创意点加以整合后，我们最终把"山歌唱出好气色"作为金鸡益母草颗粒广告的创意点子（图6-9）。

（3）视觉元素寻找与表现

围绕"山歌唱出好气色"这一创意点子，通过概念延伸分析，我们找到了诸如"广西"、"桂林山水"、"漓江风光"、"刘三姐"、"壮族女子"、"放声高歌"等视觉元素（图6-10、图6-11）。我们认为，上述元素均来自自然、来自民间、来自传统；因而，采用传统中国水墨画的

图6-10

图6-11

图6-12

图6-13

方式来进行广告设计表现会有独特的视觉效果。

在所有的广告形式中，图形都会成为最具视觉表现力和视觉冲击力的部分。在广告的设计过程中，图形部分往往也是设计精力投入最多的部分，是广告设计人员费劲心机、苦心经营的重点所在。的确，在金鸡益母草颗粒广告的设计表现过程中，为着力表现壮族女子放声高歌的形象，我们花费了大量的精力和时间（图6-12、图6-13）。

一则优秀的广告作品，文案表达的原则通常要求以最简洁、生动和准确的语言来传达信息，以吸引特定消费者并引发其购买欲望。在金鸡

益母草颗粒广告设计中，广告文案的设计与表现同样使我们颇费心机。通过再次对"山歌唱出好气色"这一创意点子相关概念的延伸分析，最终我们决定以"唱山歌"的形式来表达广告文案："唱山歌咧……金鸡养出好气色，好气色……"。

在广告表现中，色彩运用受到商品属性、设计定位等方面的制约。因此，我们选择以浅绿色调形成广告画面的整体色调，以体现金鸡益母草颗粒"自然"的特性。

色彩的设计方案确定后，金鸡益母草颗粒广告设计的最后环节便是编排设计。我们认为，优

秀的广告编排设计是将各视觉要素有效地组织起来，通过相互配合，形成具有个性的风格面貌，以吸引读者的目光。

在广告编排设计上，我们放大了壮族女子放声高歌的形象，而缩小了漓江山水的景象。通过这样的大、小对比处理，画面的空间距离被拉大，从而使壮族女子"放声高歌"的状态得以强化，也在一定程度上反映了服用金鸡益母草颗粒让女人有"好气色"这一概念（图6-14）。

图6-14　金鸡益母草补血养颜颗粒广告

本广告设计作者：陈波、刘晓淑

指导教师：李伟

第七章　台湾时报广告金犊奖案例研究

台湾时报广告金犊奖简介

金犊奖是由台湾《中国时报》创办的专业广告奖，目的是促进华文广告业的发展，培养专业广告人才，是针对全球华人大学生的专业广告大赛。

金犊奖创办于1992年，取初生牛犊不畏虎之意，已经成功举办了15届，是世界华人学生中最大且最具影响力的品牌创作广告奖项，是华文地区规模最大的广告创意竞赛。金犊奖每年参赛作品超过12000件，参赛国家和地区有中国大陆、台湾地区、美国、法国、加拿大、新加坡、马来西亚等，参赛院校超过400所，在数十万相关系科学生中产生影响。

一、好帝一牛头牌沙茶酱广告

1. 好帝一食品选题背景资料

（1）企业名称

好帝一食品股份有限公司。

（2）广告主题

牛头牌沙茶酱系列商品广告。

（3）传播/营销目的

与其他竞争品牌作形象上的区隔，继续延伸产品多使用"沾、炒、卤、拌、烤"的烹调手法，成为家庭的最佳调味料。

产品说明：

1）牛头牌沙茶酱有三种口味，原味沙茶酱、素食沙茶酱、麻辣沙茶酱。

2）牛头牌沙茶酱是50年来的好味道，以扁鱼、赤尾青制作，所有的原料皆为天然食品，无人工添加物，坚持质量。所以其不断地在研发与生产技术上提升，投入庞大的资金、人力来强化产品制程、质量管理与卫生管理，经过严谨的生产过程制造来满足每一位消费者的需要。

3）牛头牌沙茶酱在使用时机上是吃"火锅"就一定少不了酱料，适合节庆、假日，家人朋友欢聚用餐的时刻使用，更是过年、瑞午、中秋等三大节庆时最好的伴手礼。

（4）市场状况

1）牛头牌沙茶酱在2008年迈入50周年，为台湾地区市场的第一品牌。

2）牛头牌沙茶酱是目前台湾地区市场的领导品牌，在家用市场（一般消费者）占有率约达88%。但近来低价产品（未通过卫生法规）频频以低价积极抢占家用及食品加工市场，对其造成了极大的威胁。

3）牛头牌沙茶酱是台湾地区唯一通过"GMP"、"HACCP"、"ISO9001"认证的沙茶酱生产制造的厂商。

（5）主要竞争者

市场所有低价产品。例如量贩店的自有品牌等。

（6）目标对象

主要目标是34岁以下的一般消费者，次要目标为34岁以上。

（7）品牌个性/形象

50周年「台湾味、沙茶味」台湾人都喜爱的地道家乡美味。

1）产品用天然原料制成，无添加人工调味料。

2）应用"沾、炒、卤、拌、烤"等烹调手法，料理样样都美味。

（8）沟通调性

活泼、热情、快乐、分享、健康。

（9）宣传场合/传播时机/使用规格

1）一般媒体：平面媒体、电子媒体、广播媒体、网络媒体。

2）其他媒体：交通运输媒体、其他户外媒体等。

3）店头媒体：量饭店、大卖场的陈列POP。

（10）建议列入事项

1）基本文字：

①台湾味、沙茶味。

②沾、炒、卤、拌、烤。

③通过GMP、HACCP、ISO9001。

2）企业Logo。

3）产品图。

4）网站:http://www.e-bullhead.url.tw/。

此项可参赛的作品类别有：平面、电视、广播、动画、网络、技术。

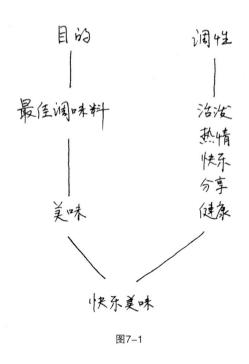

图7-1

图7-2

2. 好帝一牛头牌沙茶酱广告创意设计分析

（1）创意概念挖掘

每一个广告都基于一个特定的创意（也被称为概念），它是独特广告设计的基础。

好帝一食品股份有限公司牛头牌沙茶酱系列商品广告的传播/营销目的是要与其他竞争品牌作形象上的区隔，成为家庭的最佳调味料。在其产品说明中特别指出牛头牌沙茶酱在使用时机上适合节庆、假日，家人朋友欢聚用餐的时刻使用，更是过年、瑞午、中秋等三大节庆时最好的伴手礼。其品牌个性/形象为地道家乡美味。而沟通调性是活泼、热情、快乐、分享、健康。

基于对好帝一牛头牌沙茶酱系列商品广告选题背景资料的分析，特别是通过对牛头牌沙茶酱广告目的与沟通调性的深入研究，我们认为，"快乐美味"无疑正是我们要挖掘的创意概念，这也正是形成独特的好帝一牛头牌沙茶酱系列商品广告设计的基础（图7-1）。

（2）创意点子想象

好的创意点子一定要能吸引消费者的注意力并引发其主动探索的兴趣。围绕"快乐美味"这一特定概念，我们展开了对创意点子的寻找。

针对"快乐"的概念，我们通过概念的延伸分析，找到了"说唱俑"这一创意点。对于"美味"的概念，通过分析，我们找到了"贪吃"这一创意点。

综合以上两个基本创意点，我们最终找到了表现"快乐美味"这一特定概念的创意点子："贪吃的说唱俑"（图7-2）。

（3）视觉元素寻找与表现

明确创意概念与创意点子，寻找合适的视觉元素来进行视觉表现便成为关键。作为广告的重要组成部分，图形的表现是否能抓住消费者并引起消费者的共鸣，很大程度上将决定广告创意的表现成败。由于我们要以"贪吃的说唱俑"这一

图7-4

图7-3

创意点子来表现"快乐美味"的特定概念，因此，好帝一牛头牌沙茶酱广告设计中最为重要的视觉元素就非"说唱俑"莫属了。当然，我们很快就找到了"说唱俑"这一视觉元素（图7-3）。

但如何能表现"贪吃"的创意点子呢？面对"美味"，我们也许欲罢不能，吃过后或许又会得意忘形，这一切只源于"美味"的诱惑。于是，我们采取图形置换的手法，将说唱俑手中的鼓和棒变成了碗与筷子，"得意忘形的说唱俑"形象终于出炉了（图7-4）。

有了合适的图形形象，牛头牌沙茶酱广告设计的下一任务是广告的编排设计。我们认为，合理编排的广告作品既能有效吸引受众的眼光，又能展现鲜明的个性特征。因此，在牛头牌沙茶酱广告的编排设计过程中，我们遵循"形式简洁、

整体统一、展现个性、引人注目"的编排设计原则，放大突出了"说唱俑"形象，使其成为广告画面的主体。同时，在画面的适当位置安排了沙茶酱产品形象、广告语及其他文案、企业LOGO等。为更好地体现广告"活泼、快乐"的调性，我们在编排设计中特别将广告画面底部的色块形状处理成曲线形，使之与"说唱俑"抬起的右脚产生呼应，从而使整个广告画面的视觉效果更为活跃。广告语的设计也是运用变形夸张的手法，极力营造出"活泼、快乐"的感觉。

当然，牛头牌沙茶酱广告的色彩设计也是不可忽视的。为与广告的"活泼、热情、快乐、分享、健康"的沟通调性相适应，我们将整个广告设计为暖色调，确保了广告设计的整体效果（图7-5）。

图7-5　好帝一牛头牌沙茶酱广告

本广告设计荣获第十六届台湾时报广告金犊奖大陆优选奖

作者：陈波、刘晓淑

指导教师：李伟

二、北京啤酒品牌形象广告

1. 北京啤酒选题背景资料

（1）企业名称

北京啤酒朝日有限公司。

（2）广告主题

北京啤酒品牌形象广告。

（3）传播/营销目的

1）塑造"北京啤酒"为中国"生啤第一啤酒"的品牌形象。

2）让更多消费者产生北京啤酒（地道生啤酒）与首都品质的联想。

3）塑造北京啤酒"真爽性情"的消费态度。

4）传达领导啤酒健康消费，以环保理念促进可持续发展的经营。

（4）市场概况

1）2004年在北京饮用水源地"怀柔"建立绿色环保新工厂，是我国首家全线生产生啤酒的厂家。

2）目前，生啤酒在我国的市场上较少，在东南亚生啤酒占到90%以上，已成为一种流行和时尚饮品。

3）目前，北京啤酒的国内市场主要在北京、天津、河北、东北等地区，并出口俄罗斯等国。

4）产品线按市场渠道划分为餐饮店、商超和夜店。

5）瓶装产品在各大中小餐饮店有售，罐装产品在超市有售并在许多超市销量居第一位。

（5）产品说明

1）按国家标准啤酒分为鲜啤酒、熟啤酒和生啤酒。鲜啤酒是酿造出来可以直接饮用，保鲜期较短，约2～3天；熟啤酒是通过高温杀菌处理过的啤酒；生啤酒是通过多层严格过滤杀菌处理的啤酒。

2）建一条生啤酒生产线比熟啤酒生产线的成本高七倍左右。

3）生啤酒的特殊生产工艺，使它保留了啤酒的原汁原味，因此口感清爽、新鲜、味美，比熟啤酒好喝。

4）北京啤酒采用世界先进的"抗氧化"酿造工艺，全程封闭，严格管理每一道程序，不仅确保了酒液无菌，也保留啤酒的原始风味。

5）北京生啤的特点：新鲜、清爽。

6）北京啤酒的标准色为蓝色，辅助色为红色、银色。

7）产品商标富于动感与活力，使人联想到北京即将举办的体育盛事。

（6）目标对象

1）主要是25～45岁，重视生活质量的男性。

2）追求时尚、健康的生活方式，有活力的年青人。

3）广大的啤酒爱好者。

（7）主要竞争者

燕京啤酒、青岛啤酒。

（8）品牌个性／产品个性

1）品牌个性：历史悠久，富有文化内涵与活力，可信赖。

2）产品个性：新鲜、清爽、纯正（阳光、时尚、健康）。

（9）沟通调性

1）可采用夸张和细致的表现方式，突显产品的个性。

2）色彩可以蓝色为主，红色、银色、橙色为辅来表现。

（10）传播时机

各类媒体形象广告、大型行销活动、啤酒节等。

（11）建议列入事项

1）北京啤酒的LOGO。

2）广告语：地道生啤，鲜爽到底。

3）文字：北京啤酒——生啤酒的"畅"导者。

4）企业网址：www.beijingbeer.com.cn。

2. 北京啤酒品牌形象广告创意设计分析

（1）创意概念挖掘

通过对北京啤酒选题背景资料的研究，我们可以看出，北京啤酒品牌形象广告的传播/营销目的主要是要塑造"北京啤酒"为中国"生啤第一啤酒"的品牌形象，塑造北京啤酒"真爽性情"的消费态度，并传达领导啤酒健康消费，以环保理念促进可持续发展的经营。其产品个性为新鲜、清爽、纯正（阳光、时尚、健康）。

通过对北京啤酒品牌形象广告的目的及产品个性的综合分析，我们提炼了"清爽健康"这一概念作为广告的特定创意概念（图7-6）。

（2）创意点子想象

我们认为，将生活经历与创意概念撞击后迸发出来的灵感，就可能形成好的创意点子。沿用这样的思路，围绕""清爽健康"这一特定概念，我们展开了对创意点子的寻找。

首先，针对"清爽"的概念，我们通过概念的延伸分析，找到了"畅快"、"游泳"、"跳水"等创意点。

其次，对于"健康"的概念，通过分析，我们找到了"运动"、"运动员"等创意点。

将上述创意点加以综合，我们最后确定将"运动员跳水"作为北京啤酒品牌形象广告的创意点子（图7-7、图7-8、图7-9）。

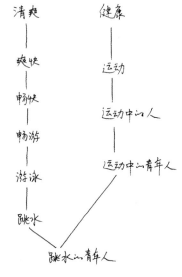

图7-7

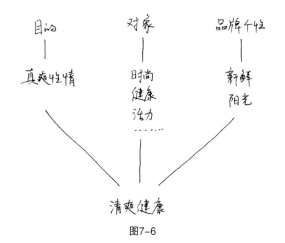

图7-6

图7-8

图7-9

（3）视觉元素寻找与表现

北京啤酒品牌形象广告的目标对象主要是
25～45岁，重视生活质量的男性和追求时尚、健
康的生活方式，有活力的年青人。而其沟通调性
也明确了可采用夸张和细致的表现方式，突显产
品个性；色彩可以蓝色为主，红色、银色、橙色
为辅来表现。

甚干对以上背景资料的解读，结合北京啤酒
品牌形象广告的创意点子——"运动员跳水"，
我们最终选取了跳水运动员跳水的形象作为主要
视觉元素。在设计中，我们运用超现实的图形表
现方式，将墙上画面中跳水运动员即将落入桌上
啤酒杯的一瞬间作为广告的主体图形予以表现。
广告的色彩则整体偏向蓝绿色调，以充分体现
"清爽、健康、活力"的广告创意概念。

在广告的编排设计上，我们也尽可能使画面
保持简洁、清爽的感觉，以图形为主，广告语及
其他文案只作为辅助，以期使广告的编排设计与
广告创意概念相适应（图7-10）。

图7-10　北京啤酒形象广告

本广告设计荣获第十六届台湾时报广告金犊奖大陆入围奖

作者：陈伟、付超、周超、龙子豪

指导教师：李伟

第八章 美国ONESHOW金铅笔广告奖案例研究

美国ONESHOW金铅笔广告奖简介

The One Show——金铅笔广告奖，是美国One Club赋予全球顶级广告创意人员的最高奖项，是由OneClub颁发的，针对互动或新媒体领域最具才华的奖项，奖项分为金、银、铜铅笔。

OneShow名称的意义，源于柯南道尔领导的创意革命中提出的艺术指导与文案一体化的概念，至今已有80年历史。内容包括一年一度的One Show奖和One Show互动奖，青年创意竞赛和学生作品展，以及一系列长达7天的国际顶级广告人互动活动。对于全球许多广告人来说，获得"金铅笔"是其广告生涯的最高目标。

DOMINO（多米诺）糖广告

1. DOMINO（多米诺）糖选题背景资料

（1）企业名称

DOMINO（多米诺）公司。

（2）广告主题

DOMINO（多米诺）糖广告。

（3）广告目的

对传统的颗粒糖持更多的肯定态度。本质上是想告诉大众，当选择糖类产品的时候，天然性更加重要。

（4）市场状况

低碳革命已经从根本上改变了美国人对糖的看法。实际上似乎所有的食品，从沙拉到啤酒，都把含碳量当作抢占市场份额的核心问题。随着对低碳生活意识的逐渐增强，普通食糖的销售逐渐下降，仅在去年就下降了2.6个百分点。事实上，低碳运动在最近二十年中一直影响着普通食糖。在这段时间内，选择成为"无糖一族"美国人的人数翻了一倍多。equal和splenda等糖类替代品的商家借着这股热潮获益匪浅。尽管食糖的保质期长且成本较低，但更多的成品和半成品厂商都开始采用谷类糖。这些食糖替代品减少了人们的罪恶感，同时也让人降低了警惕性。最近研究指出人工代糖品可能使人降低对食物摄取的控制力，导致过量饮食和增大食欲。这尤其让那些担心孩子得肥胖症的父母们感到焦虑。

（5）产品简介

一百多年以来，多米诺公司一直是糖类工业中的佼佼者。他们的产品由三种糖类食品组成：颗粒糖、细砂糖和黑糖。多米诺公司出产的51b纯颗粒糖一直是其旗舰产品。它的特点在于只有一种产品成分：100%的纯天然自然糖。多米诺公司举行了许多媒体活动来推广这种产品，目的在于让大家对传统的颗粒糖持更多的肯定态度。本质上来说，他们想告诉大众：当选择糖类产品的时候，天然性更加重要。

（6）作品类别

分为四大类，广告、设计、互动和综合类。

（7）建议列入事项

DOMINO（多米诺）糖产品形象。

2. DOMINO（多米诺）糖广告创意设计分析

（1）创意概念挖掘

通过DOMINO（多米诺）糖选题背景资料的研究分析，我们了解到，DOMINO（多米诺）糖的特点在于只有一种产品成分，即100%的纯天然自然糖。而其广告目的也正是要使大众对传统的颗粒糖持更多的肯定态度，本质上是想告诉大众当选择糖类产品的时候，天然性更加重要。

基于这样的分析，我们认为，"纯天然"正是DOMINO（多米诺）糖广告的创意概念。

（2）创意点子想象

好的广告创意要是"情理之中，意料之外"的奇思妙想。沿用这样的思路，围绕"纯天然"这一特定概念，我们开始寻找创意点子。

针对"天然"的概念，通过概念的延伸分析（特别是正反两个方向的延伸），我们找到了"自然"、"非自然"等创意点。

为达到"情理之中，意料之外"效果，我们重点选择了反向概念延伸，即以"非自然"为新的概念延伸出发点，进行更深入的分析。按照这一思考线路，我们又找到了"非自然人"、"基因变异"等创意点。

最终我们确定将"女人像男人"作为

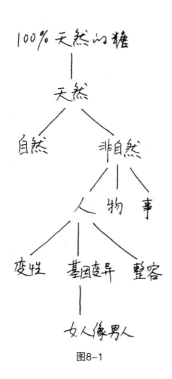

图8-1

图8-2

图8-3

DOMINO（多米诺）糖广告的创意点子（图8-1）。

（3）视觉元素寻找与表现

围绕DOMINO（多米诺）糖广告的创意点子——"女人像男人"，我们开始寻找合适的视觉元素："非自然人"、"基因变异"，女人变得像男人，女性特征逐渐消失，而男性特征开始在女性身上显现……。于是，能表现DOMINO（多米诺）糖广告"女人像男人"这一创意点子的视觉形象逐渐清晰（图8-2）。经过选择比较，最终我们采用夸张的手法，设计出在盥洗室中对着镜子刮胡须的女孩这一视觉元素作为广告的主体图形（图8-3）。

在DOMINO（多米诺）糖广告的编排设计上，我们则运用了图文左右分割的编排方式，以期使对广告的图文阅读更具关联性。广告画面右半部分的文字编排采取了居中的方式，使得广告的视觉效果更趋理性，这也是与DOMINO（多米

How if she is not **pure**?

Woman is sugar.

Only pure woman is real sugar.

Only natural pure sugar is real sugar.

Only one ingredient of Domino's 5 lbs. bag of Pure Cane Granulated Sugar :

100% natural pure cane sugar.

We'll always be your sugar.

图8-4　DOMINO（多米诺）糖广告

诺）糖广告宣传的调性（理性的告知事实真相）相一致的（图8-4）。

本广告设计荣获2004年美国ONESHOW金铅笔广告奖铜奖

　　作者：彭长河、卜小飞、胡人方、何玄静、唐八国

第九章　世界优秀广告设计作品点评

　　广告是现代商业运作中的一个重要环节和组成部分。当今社会，资询与传媒业的发达程度不同于以往任何时候，日益激烈的商业竞争使人们越来越重视广告的作用，而广告创意设计的优劣将直接影响到消费者是否乐意接受广告所传播的信息，同时也将影响到他们对企业的认同。基于上述观点，可以说，优秀的广告作品定会对有效的广告信息传播，促进广告目标的实现以及树立良好的品牌或企业形象起到重要的作用。

　　总之，优秀的广告作品，总是能将相关性、震撼性和原创性有机地结合起来，在准确把握广告信息和概念的基础上，或张扬，或婉转，或强烈，或暗示，各具特色地散发着自己的艺术魅力。

图9-1 汰渍洗衣粉广告

客　　户：汰渍洗涤用品（Tide Detergent）

文　　案：Farzan Alam

艺术指导：Santosh Padhi，Ravi Shankar

摄　　影：Dinodia

作品点评：静谧的河边，河水映射出太阳的光泽，一位虔诚的信徒正迎着阳光进行沐浴祈祷。令人费解的是，该信徒身着的白色衣裙在水中也同样映射出耀眼的光泽。看来，用汰渍洗涤用品洗过的白色衣物的确是超级亮白。广告将汰渍洗涤用品的创意概念"超级亮白"表达得十分到位。

图9-2 Spontex海绵广告

客　　户：Spontex海绵

创意总监：Erik Vervroegen

文　　案：Benoit Leroux

艺术指导：Philippe Taroux ， Clement Langlais

作品点评：聪明人总是会想办法，就像取水，别人用水桶，她却选择了Spontex海绵。广告将Spontex海绵"超强吸水"的创意概念用夸张的手法淋漓尽致地予以了表达。

图9-3 PEGAMIL胶水广告

客　　户：Pegamil胶水

创意总监：Gustavo Reyes，Cesar Agost Carreno

艺术指导：Juan Donalisio

作品点评：抓捕犯罪嫌疑人时，最有效的警用器具也许不是手铐而是Pegamil胶水，就像广告画面中一样。广告将Pegamil胶水"超强粘贴"的创意概念用夸张的手法表达得生动、形象。

图9-4　OFF灭虫剂广告

客　　户：Off Spray

创意总监：Luis Silva Dias

文　　案：Claudio Lima

艺术指导：Tico Moraes

摄　　影：Picto/Francisco Prata

作品点评：夏天的人们在休息时，为躲避蚊虫叮咬，大多会选择挂上蚊帐。而有了Off牌灭虫剂，也许就不用如此麻烦了。因为，Off牌灭虫剂就是你身边天然的屏障。广告将Off牌灭虫剂"防蚊虫"的创意概念十分直观的进行了表达。

图9-5 Comfort服饰广告

客　　户：Comfort Fabric Softener

创意总监：Ng Tian Lt

文　　案：Lvan Hady Wibowo，Elisa Tan

艺术指导：Lvan Hady Wibowo，Elisa Tan

作品点评：身上的衣物是如此的柔软舒适，以致于遗忘在口袋中的硬币也变得柔软起来。广告将服饰"柔软舒适"的创意概念十分形象的表达出来。

图9-6　Casio迷你电视广告

客　　户：Casio Mini TV

创意总监：Mike OSullivan

文　　案：Connan James

艺术指导：Darran Wong Kam

作品点评：当手中的食物变得异常细小时，你也许才能真正体会到什么是"迷你"的感觉。广告将卡西欧电视"迷你"的创意概念通过人物与其所拿食物之间的大小对比方式予以了夸张地表达。

Small but tough. Polo.

图9-7 Polo汽车广告

客　　户：VW Polo汽车

创意总监：Jeremy Craigen，Ewan Paterson

文　　案：Feargal Balance，Simon Veksner

艺术指导：Nick Allsop，Dylan Harrison

作品点评：面对持枪歹徒，连警察也会赶紧躲在Polo汽车的身后以免受伤害。因为，Polo汽车的确很坚固。广告正是将Polo汽车"小而坚固"的创意概念通过幽默的方式巧妙地予以了表达。

图9-8 Nissan汽车广告

客　　户：Nissan 350Z汽车

创意总监：Erik Vervroegen

文　　案：Jean Francois Bouchet

艺术指导：Jessica Gerard Huet

作品点评：美好的事物总是会格外惹人喜爱，如同美丽的花朵、漂亮的女孩……当尼桑年度最漂亮的汽车出现时，就连警察也会挺身而出，以免它受到任何侵害。广告将尼桑汽车"漂亮"的创意概念通过幽默的方式巧妙地表达出来。

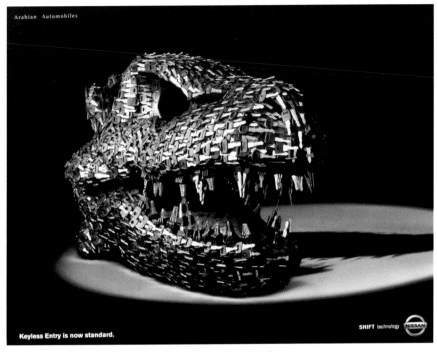

图9-9 Nissan汽车广告

客　　户：Nissan汽车

文　　案：Fouad Abdel Malak

艺术指导：Fouad Abdel Malak

作品点评： 随着Nissan汽车无匙时代的来临，驾车一族原来所用的车钥匙恐怕只能存放在博物馆像恐龙骨架一样供人参观了。广告通过比喻的手法，将尼桑汽车"无匙"的概念形象地加以表达。

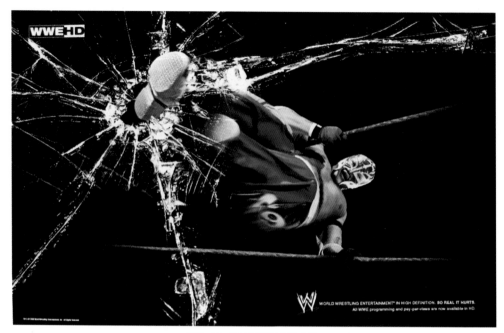

图9-10　WWE高清电视广告

客　　户：WWE高清电视

创意总监：Jason Zangrilli

文　　案：David Blanchine

作品点评：WWE高清电视是如此清晰、逼真。也许，没有什么比看WWE高清电视更能感受到身临其境的感觉了。广告通过超现实的夸张手法，将WWE高清电视"清晰"的概念表达的十分强烈。

参考文献

[1]《意》，台湾：百页出版有限公司，2008.

[2] 李伟. 现代平面广告创意设计［M］. 长沙：湖南人民出版社，2007.

[3] 李伟，许伟杰，汪永奇. 平面广告设计与制作［M］. 长沙：中南大学出版社，2006.

[4] 李伟. 平面广告形象设计［M］. 长沙：湖南大学出版社，2004.

[5] Taschen，《Advertisng Now. Print》，Printed in China.